이별의 순간
개가 전해준
따뜻한 것

이별의 순간
개가 전해준
따뜻한 것

아키야마 미쓰코와 강아지 친구들 지음
손지상 옮김

네오픽션

CONTENTS

머리말

쇼핑몰 벤치에서 쉬고 있는 사람과, 발밑에 앉아 가게 입구를 바라보는 귀여운 개.

이런 광경을 볼 때마다 저도 모르게 미소를 짓습니다.

그러지 않겠어요? 지겨워 보이는 사람과는 비교도 할 수 없을 정도로 진지한 표정을 지은 개가 '너무너무 좋아하는 누군가'가 쇼핑을 끝내고 나오기를 엄청 기다리고 있으니까요. 마치 이 순간 놓치면 다시는 만나지 못하리라 생각하기라도 하듯.

어쩜 이리도 개의 눈동자란 우리 마음을 치유해줄까요.

말 그대로 순수라는 이름의 결정인 것처럼 의심이라고는 모릅니다.

저는 지금까지 논픽션 작가로서 많은 애견인과 그 파트너인 반려견을 만나왔습니다. 물론 일뿐만이 아니라 개인적으로 만난 적도 있습니다.

　애견인 분들 중에는 당신 인생에 영향을 준 반려견 이야기를 말씀해주시는 동안 눈물을 흘리는 분도 있으셨습니다. 작은 카페 테이블에서 유도 선수처럼 크고 건장한 체격이신 분이 몸을 웅크리시고 얼굴이 빨갛게 될 정도로 눈물을 흘리시는 모습은 말씀을 듣고 있던 저마저도 울게 만들었지요……. 카페 안 다른 손님들이 무슨 일이 났나 놀라셨던 상황이 떠오릅니다.

　말을 거는 저를 수상쩍게 바라보시던 어느 어르신이 반려견에 대해 질문을 하자마자 함박웃음을 지으시며 반려견 자랑이 끊이지 않으셨던 것도.

　반려견 이야기를 해주시는 애견인의 행복한 얼굴. 그리고 그 애견인을 바라보는 반려견의 얼굴. 자기 이야기를 하는지 아는 것이지요. 자랑스러운 표정을 짓는 아이도 있습니다.

　그 표정과 함께 다양한 에피소드가 한 올 한 올 제 마음속에 짜여졌습니다.

　이 책에 등장하는 열 가지 이야기는 그저 애견인과 반려견의 이야기가 아닙니다. 이 세상에서 만나 함께 살아온 모든 개와 인간의 이야기라고, 저는 생각합니다. 읽어주신 당신의 마음속에 당신에게 있어 가장 소중한 존재의 웃음꽃이 피어나기를 기원합니다.

아키야마 미쓰코

Story 1

삶을 포기하지 마세요
— 작은 생명이 보낸 메시지

유미 × 니코(치와와)

왜 나만.

  하고, 마음속으로 중얼거리며 지긋지긋한 표정으로 하늘을
올려다본다. 깜빡깜빡 내리쬐는 햇살에 눈앞이 부신 나카가와
유미(中川由美)는 눈을 꼭 감았다. 미간에 주름이 잡히고 언짢은
표정은 더욱 구겨졌다.

  여름 햇살로 달궈진 아스팔트 위로 공기가 가물가물 피어올
라 몸을 감싼다. 목덜미를 타고 흘러내리는 땀이, 병원에서 집
까지 걸어서 돌아가려고 생각했던 유미를 후회하게 만들었다.

  "땀이 난다는 건 몸이 제대로 움직이고 있다는 증거잖니?"

  모친의 입버릇 같은 말이 머릿속에 떠오른다. 하지만 유미

는 생각한다.

이제 와서 몸이 조금 제대로 돌아가봤자 뭐 그리 대수란 말이지.

땀 흘리는 기능이 제대로 돌아간다고 해서, 치료가 끝나는 것도 아니고. 나는 평생, 이런 생활을 보내지 않으면 안 되는데…….

유미는 일주일에 세 번 인공 투석을 받으러 병원에 다니고 있었다.

사람의 몸은 전신으로 피를 돌려 몸 여기저기 쌓인 노폐물을 모은 뒤, 그 피를 콩팥으로 보내 깨끗이 걸러 다시 전신으로 보내게 되어 있다. 하지만 유미는 선천성 질병으로 자기 스스로 피를 깨끗이 거르지 못하는 몸으로 태어났다.

어렸을 때 병을 발견한 뒤로 죽 약을 먹고 병원을 다니며 애써왔다. 하지만 3년 전부터 한계에 도달하고 말았다. 그 뒤로는 병원의 투석 장치로 피를 맑게 만들어 몸으로 다시 되돌리는 치료를 계속했다. 한 번 치료를 받는 데 네 시간. 그동안은 튜브로 기계와 연결되어 침대에 꼼짝없이 누워 있어야만 한다. 치료를 받는 유미에게는 두 배는 더 길게 느껴질 정도였다.

눈앞 신호등의 파란불이 깜빡깜빡 점멸하고 있다.

뛰어서 건널까나. 잠깐 망설이긴 했지만 결국 포기하고 기다리기로 했다. 이젠 무슨 일이든 간에 다 귀찮기만 하다. 신호를 멍하니 바라보며 횡단보도 앞에 섰다.

나름 우는소리 한 번 안 내고 열심히 버텨왔다고 생각했다.

3년 전 인공 투석 치료가 결정되었을 때 그 전까지 다니던 회사를 그만두었다. 일주일에 세 번 다녀야 하는 통원 치료 생활로는 지금까지 해오던 회사 일을 소화하지 못한다. 상사와 직장 동료는 모두 좋은 사람들이니 사정을 설명하면 담당 업무를 바꿔줄지도 모르지만…… 유미에게 그런 친절은 오히려 부담이기만 했다.

"저도 이제 삼십줄(アラサ_)*에 들었으니까요. 취집 활동(婚活)**이라도 해볼까나, 하고 생각해서요!"

하고, 밝게 웃으며 둘러댔다.

단 한 사람, 같은 회사를 다니고 있던 연인에게만큼은 실제로 어떤 사정 탓에 그만두는지 밝혀두었다.

"나도 응원할 테니까, 힘내" 하고 말해주었던 그와도 1년

---

*_____ 아라사. 30대 초반을 뜻하는 '어라운드 서티(Around Thirty)'의 일본어 발음 '아라운도 사티'의 줄임말. 40대 초반은 '아라포(Around Forty)'라고 부른다.

**_____ 콘카쓰. '결혼 활동(結婚活動)'의 일본어 발음 줄임말. (유래는 '슈카쓰(就活)'로, 일본어 '취직 활동'의 줄임말이며, 이는 우리나라의 '취업 준비'의 준말 '취준'과 비슷한 의미다.) 주로 좋은 조건의 남자와 결혼해 전업주부가 되는 것을 목표로 한다. 일본에서는 최근 결혼하지 못한 '아라사'나 '아라포' 여성을 '패자팀(負け組)'으로, 좋은 조건의 남자와 결혼해 전업주부가 된 여성을 '승자팀(勝ち組)'으로 나누며 여성에게 결혼과 전업주부 생활을 강요하는 사회적 분위기가 형성되어 있다.

전 헤어졌다. 헤어지자고 말을 꺼낸 사람은 상대 쪽이었다. 군이 이유를 묻고 싶지도 않았다. 오히려 어찌 보면 당연하다 생각될 정도였다. 그래서 유미는 '알겠다'라고 담백하게 받아들였다.

제 딴에는 실연 정도 아무렇지 않게 극복했다고 생각했다.

그런데, 왜. 이제 와서 그렇게 바보 같은 짓을 했을까. 그 사람 생일인 게 뭐 어떻다고. 괜히 블로그를 봐버렸을까.

그 사람이 어떻게 지내고 있는지 알아봤자 마음만 아플 뿐 좋을 거 하나 없는데. 알고 있으면서도 마음을 억누르지 못했다. 어쩌면 그 사람이 충실한 인생을 보내고 있다는 사실을 알게 되면 미련을 다 정리하고 포기하게 될지도 모른다고 생각했던 걸까.

거봐. 나랑 헤어지는 게 그 사람 인생이 훨씬 행복해지는 길이잖아, 하고.

하지만 설마 결혼했을 줄은 생각도 못했다.

그 사람 블로그에 올라온 결혼식 사진과 결혼을 축복해주는 댓글들. 단체 사진 속에는 유미가 알고 지내던 옛 동료의 모습이 보였다. 사내에서는 그 사람과 만나는 사실을 비밀로 했지만 친한 지인들에게만은 사귀고 있다고 이야기했었다. 그 지인들의 표정만이, 함박 터져 나오는 웃음을 지은 다른 사람들과 달리 씁쓸해 보이는 건 어쩌면 유미가 그것을 바랐기 때문인지도 모른다.

나랑 사귄 4년이란 시간이 그 사람에게는 겨우 1년 만에 이렇게 말끔히 지워질 정도밖에 안 되었던 것일까……

그 사실을 받아들이며 유미는 떨리는 손끝으로 화면을 닫았다.

사람들이 파란불로 바뀌어도 건너려 하지 않는 유미를 이상하게 여기면서 스쳐 지나간다. 다시 한 번 파란불이 깜빡이고 빨간불로 변하자 멈춰 있던 차가 세차게 달려 눈앞을 지나갔다.

앞으로 남은 인생 동안, 살아남기를 잘했다고 여길 만한 일이 있을까나.

마음속으로 되새겨보았다.

지인에게 소개받아 다니고 있는 지금 회사는 유미의 건강 상태를 알고서도 흔쾌히 비정규직으로 받아주었다. 근무 시간을 조절하기 편하게 배려해준 것이다. 덕분에 유미는 일주일에 세 번 투석을 받으면서도 근무가 가능했다. 다만 이제는 어찌할 수 없다는 사실을 알면서도, (불만이 있다는 말을 하려는 게 아니라) 예전 직장에서 한 일처럼 보람 있고 일한다는 기분을 만끽할 만한 일이 더 이상 주어지지 않을 것이라는 사실에 유미는 딜레마를 느끼고 있었다.

일도 생활도 어중간한 내게 곁에서 함께하겠다고 나설 사람이 있을 리 없다. 투석도 앞으로 더 악화되면 일주일에 세 번 네 시간 받아서는 어림없을 정도가 될지 모른다. 온갖 일을 참 아가며 또 포기하며 기계로 목숨을 이으면서 혼자서 나이를 먹어야 하는 이런 인생에 앞으로 무슨 의미가 더 남아 있는 거지? 앞으로도 이런 기분으로 버텨나가며 바닥을 기는 것처럼 살아야 하는 거야? 왜 이런 처지가 되어야만 하는 거야? 신님, 제가 뭘 잘못했나요?

하고, 생각하는 와중에 눈에서 눈물이 넘쳐흘렀다. 눈앞을 달리는 자동차 여러 대의 모습이 갈수록 눈물에 번져갔다. 어쩌면 지금 몇 걸음만 발을 앞으로 내딛으면 이런 괴로운 현실에서 해방되는 게 아닐까?

절대 풀리는 일이 없도록 언제나 주의 깊게 팽팽히 당기고 있던 마음의 실이 오늘은 크게 휘청휘청 흔들리며 당장이라도 끊어질 듯했다. 전 남자친구의 블로그를 보고, 자신이 손에 넣을 수 없는 세계를 코앞에서 본 기분이 들었던 것인지도 모른다.

죽을까 그냥.

자기 자신이 아닌 다른 이가 귓가에서 속삭이는 것 같았다.
무언가에 빨려 들어가듯 몸이 빨간불 켜진 횡단보도를 향해 휘청하고 기운다.

그 순간.

"엥! 엥엥!"

새된 울음소리에 정신이 든 유미는 깜짝 놀라 소리가 들린 방향을 봤다. 유미가 서 있는 인도 오른편에서 장모종 치와와가 달려온다.

"……니코(ニコ)?"

가슴줄*을 든 유미의 어머니는 갑자기 내달린 니코에게 질질 끌려 넘어질 뻔한 것을 겨우 버티고 있었다.

횡단보도에서 몇 발자국 뒤로 물러나, 니코가 달려오는 쪽으로 몸을 돌리는 순간 동시에 오른쪽 갓길에서 엄청난 속도로 달려오는 자전거가 시야로 튀어 들어왔다.

"안 돼! 니코야 멈춰!"

유미가 외쳤으나 이미 지나치게 흥분한 니코는 멈추지 않고 달렸다. 유미의 어머니는 유미에게 가로막혀 갓길이 보이지

---

* _____ 산책 시 사용하는 개를 묶어 두는 줄을 영어로 'leash'나 'lead'로 부르는데, 일본에서도 'lead'를 차용해 '리도(リード)'라 부른다. 우리나라에서는 이를 과거 '목줄'이라고 불렀으나, 세계적으로 목에 끈을 매는 것이 애견의 건강을 해칠 우려가 있다고 해서 최근에는 '하네스(Harness)'를 사용해 끈을 매는 일이 많아졌다. 하네스는 본래 마구(馬具)를 뜻하며 몸에 매는 다양한 벨트나 장착 띠, 멜빵을 모두 가리키는 말로, 애견 및 애묘용 하네스는 조끼처럼 생겼다. 하네스를 입힌 뒤 등 쪽에 끈을 매는데 목보다 튼튼한 가슴에 체중이 실려 안전하다. 이러한 사정을 반영해 이 책에서는 반려동물을 매는 끈을 '가슴줄'로 통일한다.

않은데다가 니코에게 끌려가느라 제정신도 아니고 차릴 겨를
도 없어 그만 달려오는 자전거를 보지 못하고 말았다.

그 뒤로 벌어진 일은 모두 한순간에 터지고 말았다.

자전거가 급브레이크를 거는 삑 하는 소리 위로 니코의 비
명 같은 울음이 겹친다.

작은 니코의 몸이 자전거에 튕겨나가 아스팔트 위로 내팽겨
쳐졌다. 그 충격으로 유미의 어머니는 가슴줄을 놓치고 말았다.

"니코오!"

하고, 유미가 몸을 내던지듯 니코에게 달려든다. 니코는 흐
릿한 눈으로 당장에라도 사라질 듯한 작은 울음소리를 코로
끙끙 흘리고 있었다. 출혈은 보이지 않았고 눈에 띄는 외상도
없었는데 몸이 축 늘어져 일어나려고 해도 마음대로 몸이 움
직이지 않는 모양이었다. 유미가 안아 올리려 하자 아픈지 울
음소리가 커진다.

"니코! 니코야 괜찮아. 괜찮으니까 걱정하지 마……. 바로
아픈 거 다 고쳐줄게. 미안해 아프지? 괜찮아 여기 있어. 괜찮
아. 괜찮아……."

니코를 안아 올린 유미의 손이 부들부들 떨려온다. 유미의 어
머니는 이미 반쯤 울음을 터트린 상태가 되어 있었다. 자전거에
타고 있던 남자가 어찌할 바를 모른 채 다가와 "죄송합니다…….
괜찮은가요?" 하고 말을 걸어온다. 유미는 끓어오르는 맹렬한

분노를 필사적으로 찍어 누르며 떨리는 목소리로 말했다.

"……명함이나, 아니면 연락처가 있으면 알려주세요. 지금 당장은 이 아이를 병원에 데려가야 하니까요."

어머니에게 택시를 잡아달라고 부탁한 뒤 울부짖는 니코를 안아 달랜 유미는 도착한 택시에 올라탔다. 불행 중 다행으로 단골로 다니는 동물병원이 그리 멀지 않다. 옆에 앉은 어머니가 휴대전화로 동물병원에 연락해 사정을 설명했다. 패닉 상태가 되어서인지 알기 쉽게 설명하지 못했다. 상대 쪽으로부터 차분한 목소리로 "나카가와 씨, 진정하시고 천천히 말씀해주세요." 하고 안심시키려는 말이 들려왔다.

"괜찮아…… 괜찮으니까……."

유미는 주문처럼 계속해서 니코를 향해 속삭여주었다.

동물병원 대합실에서 유미와 유미의 어머니는 니코의 응급수술이 끝나기를 비통한 표정으로 기다리고 또 기다렸다. 평소에는 꽤나 도란도란한 사랑방 분위기인 병원도 지금은 불길한 긴장감에 싸여 있다. 두 사람의 모습에서 무언가를 눈치챈 다른 사람들은 자기 반려견이나 반려묘를 소중히 감싸 안고 응원하듯 조용히 지켜보며 앉아 있었다.

"평소에는 절대로 그렇게 위험하게 내달리거나 하지 않았는데……. 니코가 엄청 세게 끌어당기지 뭐니. 널 보자마자 갑자기……. 여태까지 몇 번이나 산책하다 너랑 마주친 적 있었잖니? 그런데도 이제껏 이런 일이 없었는데…….”

어머니가 울먹울먹 중얼거렸다. 유미는 그 말에 대답하지 못한 채 그저 바닥을 내려다보기만 할 뿐이었다.

니코가 수술실로 들어간 지 두 시간 정도 지났을 때.

“나카가와 씨, 들어가주세요.”

하고, 여성 간호사가 안으로 안내해주었다.

배에 붕대를 감고 진찰대에 누워 있는 니코. 그 옆에 남성 수의사가 서 있다. 평소 니코의 건강 진단이나 예방 접종을 해주던 선생님이었다.

“니코가 지금은 아직 마취가 덜 풀려서 자고 있어요. 사고 충격이 원인이라고 생각합니다만 배 속에 피가 좀 차 있었습니다. 출혈은 멈췄고 고인 피는 뽑아내긴 했습니다만 당분간 사료를 먹기는 어려울 것 같네요. 수액 주사랑 영양제로 일단 상태를 좀 봐야 할 것 같습니다. 상태가 안정될 때까지는 우리 쪽에 입원시키시는 편이 나을 것 같습니다.”

최대한 쇼크를 주지 않으려고 수의사가 말을 골라 부드럽게 전하고 있음을 알 수 있었다. 유미 곁에 선 어머니가 안도의 한숨을 내쉬었다.

“……그리고 말이지요, 척수 손상 가능성이 있습니다. 어찌 될지 어디까지 회복될지는 지금 시점에서는 뭐라 말씀드릴 수가 없습니다만.”

"죄송합니다만, 무슨 말씀이신지⋯⋯?"

"척수에는 신경이 많이 모여 있죠, 그중 일부에 손상이 가해졌을 가능성이 있습니다. 여태까지 그랬던 것처럼 걸을 수 없을지도 모르고 경우에 따라서는 누워서 지내기만 해야 할지도 모릅니다. 배설도 자기가 통제할 수 없게 되면 기저귀를 차고 생활해야 할지도 모르고요. 추후에 어찌하는 게 가장 좋은 선택일지 이야기 나누도록 하지요."

수의사의 말에 어머니는 다시 반쯤 울음을 터트릴 것처럼 울먹이기 시작했다. 유미는 자기 기분을 어떻게 받아들이고 소화해야 할지 알지 못했다. 니코의 목숨이 살아남은 일에 감사하는 마음과 앞으로 기다리고 있을 현실의 불안. 그중 어느 쪽으로도 향하지 못한 마음이 빙글빙글 소용돌이쳤다.

"니코⋯⋯ 고생 많았어. 내일 또 올게."

잠들어 있는 니코에게 말을 걸며 유미와 유미의 어머니는 병원을 뒤로했다.

그날 저녁 식사는 유미도 유미의 어머니도 한 마디 말을 섞지 못한 채 어두운 분위기로 보냈다.

어머니가 완전히 침울해져 있는 이유를 모르는 바도 아니었다. 자기가 제대로 가슴줄을 잡아당겨 니코를 멈추었으면 이런 일도 없었을 텐데 하는 심정일 터였다. 유미 자신도 '왜 그때 제대로 가슴줄을 잡지 않았느냐'라고 말하고 싶은 기분을 꾹 참고 삼키고 있었다.

내가 일방적으로 어머니를 탓할 자격이 어디 있겠어.

그때 니코가 나더러 멈추라고 부르지 않았다면 사고를 당한 건 아마도 나였을 테니까…….

"……무슨 일이 있어도, 니코는 니코니까."

갑자기 어머니가 결의에 찬 목소리로 중얼거렸다.

"재활 운동하면 걸을 수 있을지도 모르고, 혹시 걷지 못하게 되더라도 니코에게 있어 가장 좋은 환경을 만들어주자꾸나."

유미의 마음이 꿈틀거린다. 니코가 앞으로 짊어져야 할 짐이 얼마나 큰지 생각도 안 하고 그렇게 쉽게 현실을 받아들이려 하는 어머니의 말이 저도 모르게 짜증스럽게 느껴졌다.

"……니코한테 있어서 가장 좋은 환경이라고 말은 쉬운데 그게 도대체 뭐라고 생각하는 건데요?"

"뭐라니……. 그야 물론 선생님과 상담해서 결정해야지. 갑자기 그렇게……."

"결국 선생님이나 우리가 결정하는 거잖아. 니코 의사는 상관없잖아. 그거 그냥 자기만족일 뿐인 거 아니에요?"

"달리 방법이 없잖아. 니코가 스스로 결정할 수 있는 것도 아니니까. 그럼 유미 너는 어떻게 하고 싶으니?"

"그걸 제가 어떻게 알아요? 하지만 뭘 어떻게 결정하든 간에 가장 고생하고 큰일 겪는 건 니코 자신이니까. 그걸 주변에서 간단히 이렇다 저렇다 정하지 않았으면 좋겠다는 거죠, 다른 뜻이 있는 건 아니지만요."

"간단히 정한다고 생각한 적 없어! 하지만 니코가 가장 행복해할 만한 방법을 열심히 고민하는 수 말고 달리 다른 수가 있는 것도 아니잖니."

"행복해할 만한 방법? 그럼 달리고 싶어도 못 달리고 장난감 가지고 놀고 싶어도 놀 수 없고 산책도 못 나가고 기저귀 차고 똥 지리고 살아야 하는데 그런데도 니코는 매일매일 즐겁고 행복하게 산다고 생각할까요, 과연?"

"무슨 말을 그렇게 하니!"

"그렇지만 틀린 말을 한 것도 아니고. 괴로운 현실 말고는 기다리고 있는 게 없는데도 굳이 고생스럽게 열심히 살 필요가 정말 있나 하는 생각이 들 때도 있단 말이야!"

"유미……."

"왜 그런 짐을 짊어지고 살아야만 하는 건데!"

입 밖으로 내뱉고 나서야 뒤늦게 실수했구나, '니코'라는 말이 빠져버렸어, 하고 자각했다

얼굴이 새빨개진 어머니는 입술을 떨며 눈 한가득 눈물을 채우고 있었다. 유미가 외친 마지막 말이 니코를 두고 한 말이 아니라는 사실을 깨달은 것이다.

"……엄마도 있지 할 수 있으면 대신 짊어지고 살아가고 싶

어. 유미를 그런 몸으로 타고나도록 낳은 잘못을 얼마나 미안하게 생각해왔는지 몰라. 그러니까 제발 부탁이야, 유미가 하겠다고만 해주면 지금 당장이라도 엄마 콩팥을 이식해줄게. 아버지하고도 몇 번이나 그렇게 하자고 상의했잖니."

"……연세 드실 만큼 드신 부모님 몸에 칼을 대면서까지 무리해서 살고 싶지는 않은데요."

"콩팥이든 엄마 목숨이든 간에 내 자식 살 수만 있다면 뭐든 내놓는 게 부모 마음인데, 왜 이리 몰라주니!"

어머니는 괴로워하며 부엌을 나갔다.

"……."

유미는 홀로 남아 묵묵히 식사를 계속했다. 몇 번이고 반찬을 목 너머로 넘기려고 했지만 가슴이 답답해서 삼키지 못했다.

니코는 일주일 동안 동물병원에서 지낸 뒤 무사히 퇴원했다.

조금씩 영양식에서 사료로 되돌리면서 스무 날 정도 지나자 예전처럼 식사도 가능해질 정도가 되었다.

하지만 뒷다리에 마비가 남아버려 자기 발로는 설 수 없게 되었다. 이제는 기저귀를 차고 생활하고 있다. 수의사는 니코의 체력이 돌아온다면 조금씩이라도 좋으니 재활 훈련을 시작하는 편이 나을 것 같다고 말했다.

거실에 둔 니코 전용 침대 안에서 니코는 제일 좋아하는 고무공을 정신없이 깨물며 놀고 있었다. 유미는 그런 니코를 멍하니 바라보았다.

니코는 유미가 혈액 투석 치료를 받겠다고 결심하게 된 3년 전 어머니가 아는 사람에게 분양받은 강아지였다. 어머니는 자신의 건강을 위해, 운동 삼아 개와 산책이 하고 싶어서라고 이유를 밝혔지만 진짜 이유는 다른 데 있다는 사실을 유미도 유미의 아버지도 알고 있었다. 개를 받아들이면 유미의 기분도 밝아질 것이라 생각했으리라. 제발 우리 집에도 '방긋방긋(ニコニコ)'* 미소가 넘치기를—그래서 이름을 '니코(ニコ)'라고 지었으리라.

이 바람 그대로 유미는 니코가 있어준 덕분에 구원받았다. '행복한 분위기'를 온몸으로 발산하며 달려오는 니코의 모습을 보면 불안이나 슬픔 따윈 잊어버렸다. 신기할 정도로 니코도 가족 중에서 유미를 유독 따랐다. 어머니가 질투심을 품을 정도로 니코에게 있어 유미는 가장 중요한 존재였다. 니코 앞에서는 가족 중 누구라도 '방긋' 미소 지었다.

그랬는데.

지금은 니코를 보면 '불쌍하다'는 기분밖에 들지 않는다.

* _____ 일본어로 '니코니코'라고 읽는다.

니코는 정말 지금 이대로도 만족할까? 걷지 못하게 된 지금도 예전부터 그래왔듯이 행복하다고 생각할까?

니코가 깨물던 고무공이 데굴데굴 굴러갔다. 니코가 뒤쫓으려고 했지만 역시나 다리가 움직여주지 않는다. 유미가 굴러가던 공을 주워 니코 입가로 가져다주자 코를 킁킁거리며 니코가 공을 깨물기 시작했다.

"……니코야, 재미있니?"

니코는 자기 이름을 부르는 목소리를 듣고 신이 나서 고개를 들었다. 눈동자를 빛내며 유미를 지긋이 바라본다. 어쩜 이리도 천진난만할까 하고 유미는 생각했다. 만약 니코가 말을 할 수 있다면 분명 "응, 즐거워!" 하고 대답할 거라고 생각하게 만드는 미소.

"어떻게 니코는 그렇게 미소 지을 수 있는 거니? 더 이상 걸어 다니지 못할 수도 있는데."

"엥!"

니코는 유미에게서 눈을 떼지 않는다. 원망하거나 비관하는 일 따윈 1밀리그램도 모른다. 순수함의 결정체 같은 눈동자. 유미는 더 이상 견디지 못할 지경이 되었다.

니코, 넌 자기가 처한 현실을 알긴 하는 거니?

그런 생각을 하는 찰나 잔혹한 생각이 함께 스쳐 지나갔다. 언제까지고 그렇게 깨끗한 눈동자로 살 수 있을 것만 같니? 현실이 그렇게 호락호락하지 않거든. 훨씬 훠얼씬 더 피곤하고 버겁단 말이야!

유미는 니코에게 볼을 빼앗아 들고 니코 전용 침대에서 2미터 정도 떨어진 데에 앉았다.

"……니코, 이리 와."

"엥!"

니코는 곧바로 달려오려고 앞발을 동동 굴렀다. 하지만 니코의 뒷다리는 움직이지 않는다. 몇 번이고 같은 동작을 반복하던 니코가 당황한 표정으로 유미를 올려다보았다.

"이리 와, 얼른!"

니코는 그 목소리에 답하기 위해 다시 한 번 앞발로 바닥을 긁으며 버둥버둥 움직였다. 마치 침대 안에서 헤엄치는 듯한 모습이었다. 핫, 핫, 하고 니코의 거친 숨소리와 콧소리가 방 안에 울려 퍼졌다.

나란 사람은 정말 형편없는 쓰레기구나…….

유미는 자신이 하는 짓이 얼마나 잔혹한지 빤히 알면서도 그 자리에 계속 앉아 있었다. 침대 안에서 필사적으로 몸부림치는 니코가 마치 자기처럼 보였다. 아무리 몸부림쳐도 현실은 바뀌지 않는다. 바꾸는 것 자체가 불가능하니까—.

지치고 당혹스러워진 니코가 유미를 바라볼 때마다 유미는 일부러 "이리 와" 하고 재촉했다. 더 이상 자기도 뭘 어찌 해야 할지를 몰랐다. 니코가 포기하는 모습을 보고 싶은 걸까? 니코의 눈동자에서 반짝임이 사라지면 그걸로 만족하게 될까?

"니코야, 얼른 이리 오라니까!"

니코는 유미가 '이리 와'라고 말할 때마다 전력을 다해 버둥거리기를 멈추지 않았다. 그러는 사이 침대에서 굴러 떨어져 카펫 위로 넘어졌다. 깜짝 놀란 유미가 자리에서 일어나자 벌렁 누운 니코는 자기 힘으로 몸을 비틀어 자세를 바로 잡고서는 앞발로 카펫을 잡아끌며 포복 전진하듯 앞으로 나아가기 시작했다. 유미가 부르는 목소리에 보답할 방법을 찾았다고 생각했는지 그 눈동자는 반짝반짝 즐거움에 빛났다.

"니코……."

유미는 망연자실했다.

왜 그렇게까지 고생하는 거니. 너를 괴롭히고 있는 나를 어째서 그런 눈으로 볼 수 있는 거니.

작은 몸 어디에 그런 힘이 숨어 있는 거니.

질질, 질질, 니코는 앞다리로 유미 쪽을 향해 기어갔다. 알에서 깨어난 아기 바다거북이 모래밭을 헤쳐나가 바다로 향하듯 몇 번이고 다리가 미끄러지기를 거듭하면서도 앞으로 향했다. 오직 유미만을 향해 똑바로 바라보는 눈동자에는 흔들림도 망설임도 없고 반짝임이 사라지는 일도 없다.

니코는 조금도 자기 자신을 불쌍하다 생각하고 있지 않은 거야.

그런데도 나는 멋대로 니코에게 남은 날이 행복하지 않다고 정해버렸던 거야.

니코를 바라보는 유미의 눈에서는 방울방울 커다란 눈물이 흘러넘쳤다.

니코야 미안해.

포기하면 안 되는 거지?

자기 자신이 불쌍하다는 생각 같은 건 해서는 안 되는 거지?

어떤 경우에 처한다 하더라도 온 힘을 다해 살지 않으면 안 되는 거지?

니코는 그 사실을 잘 알고 있었던 거지…….

"……니코야, 힘내! 얼마 안 남았어!"

유미는 펑펑 울면서 바닥을 기어오는 니코를 응원했다. 응원에 반응한 니코가 필사적으로 페이스를 올린다.

"앞으로 한 발자국만 더! 조금만 더! 니코야 힘내!"

그리고 드디어 앞으로 쭉 팔을 뻗은 유미의 손끝에 니코의 앞다리가 닿았다. 유미가 니코를 안아 올려 팔로 감싸 안았다.

"잘했어! 너무 잘했어! ……니코, 고마워."

유미의 눈물이 멈추지 않았다.

품 안에 안긴 니코는 전력질주를 하기라도 한 양 거친 숨을 내쉬고 있었다. 그럼에도 기쁨으로 충만한 표정을 하고 반가움에 코를 킁킁거렸다.

그날 밤.

저녁 식사를 마치고 유미는 거실에 있던 부모님께 니코가 앞다리를 써서 자기 힘만으로 움직였던 일을 이야기했다.

"선생님도 말씀하셨지만 재활 훈련을 하면 니코 다리도 조금은 차도를 보일지도 모른다고 생각해요. 물론 선생님의 조언을 들으면서 해야겠지만 저 나름대로 조사해서 여러 가지로 시도해보려고 생각 중이에요."

"맞아. 마사지도 효과가 있다고 들었는데 일단 할 수 있는 일은 모두 다 해보자."

어머니의 말에 옆에 있던 아버지도 조용히 고개를 끄덕였다.

"응. ……그리고 한 가지 더 두 분께 부탁드리고 싶은 일이 있는데요."

무슨 일인데? 하는 표정으로 양친이 유미를 바라보았다.

크게 심호흡 한 유미는 두 사람을 향해 고개를 푹 숙였다.

"장기기증 적합검사를 받아주셨으면 해요. 자기 몸도 아니고 부모님 몸에 칼을 대는 불효막심한 딸이라 정말 죄송하지만, 혹시라도 가능하다면 이식을 받아서라도 열심히 살아보고싶어요. 제발 부탁드려요!"

숨 막히는 분위기다. 거실이 정적에 쌓이고 유미는 불안한마음에 고개를 들었다.

어머니는 얼굴에 주름이 잔뜩 질 정도로 울고 있었다. 아버지는 고개를 숙이고 있어 표정을 알 수가 없다. 그러나 손에 들고 있던 신문에 물방울이 뚝 떨어진다.

"……불효막심하다니 그런 바보 같은 말이 어디 있니! 당연히 받아야지."

하고, 어머니가 탁자에 올려둔 티슈를 황급히 꺼내 들고 코를 꾹 눌렀다. 그 모습이 우스꽝스러워 유미는 풋 웃음을 터트렸다.

"고마워요. 저요, 니코한테 뒤지지 않게 힘낼 거예요."

바로 옆에 놓인 침대에는 니코가 행복한 얼굴로 잠들어 있었다.

Story 2

마지막까지, 곁에 있을 테니까
— 할아버지와 늙은 개가 있던 공원

겐지 x 메르(믹스)

갑자기 찾아온 통증에 겐지(源治)의 입에서 자기도 모르게 신음이 흘러나왔다.

온몸을 굵은 침으로 찔러대는 것 같은 통증.

곁에 엎드려 있던 개가 일어나 불안함에 코를 킁킁대며 겐지 곁을 이리저리 배회하고 있다.

"……괜찮다, 메르(ﾒﾙ)야. 걱정하지 마. ……조금 쉬면 금방 나아."

얼굴에는 진땀이 흐른다.

정말이지 늙은이를 이렇게까지 고생시키다니 신은 심술궂다니까. 너무도 하시지.

겐지는 쓴웃음을 지으며 다다미 위에 드러누웠다. 누워서 가만히 있으면 통증은 점점 사라져간다. 그때까지 견디는 수밖에 없다.

메르는 누워 있는 겐지에게 자기 몸을 딱 붙이고 엎드린 자세를 취했다. 마치 겐지의 아픔을 조금이라도 자기 몸으로 흡수하려는 것처럼 보이기도 했다.

"오, 메르 네 녀석 몸은 따뜻하구나. 네 찜질 덕분에 아픈 게 다 날아가는 것 같다."

하고, 겐지가 팔을 뻗자 메르는 손 위로 자기 턱을 살짝 얹었다.

"암인지 종양인지 어디 사는 말뼈다귀인지 모를 것한테 질 수야 없지……."

아픔으로 정신이 몽롱해지면서도 중얼거렸다. 이대로 자버리자. 눈뜨면 아픈 것도 다 날아가 있겠지ㅡ.

그리하여 겐지는 깊은 어둠 속으로 둘러싸여 갔다.

겐지가 눈을 뜬 것은 잠든 지 네 시간 정도 지났을 때였다.

방에는 완연히 오후 햇살이 비추고 있었다. 시계를 보니 오후 2시를 넘겼다. 어물어물 몸을 일으키니 온몸의 통증이 사라져 있었다.

메르는 비틀비틀 균형을 잃으면서도 겐지의 얼굴을 핥아주려고 했다. 네 다리가 서 있기만 해도 약하게 떨리고 있다. 열네 살이라는 고령견 메르에게 있어서는 일상적인 모습이다.

일흔여섯 겐지와 열넷 메르.

두말할 필요 없이 노인과 노견 콤비다.

일흔여섯 살이라고 하면 사람에 따라서는 아직 노쇠해진 몸에 저항해야 할 정도까지 먹은 연령이 아닐지도 모르나, 악성 종양 다시 말해 암세포가 겐지의 온몸으로 전이된 상태였기에 상황이 다르다.

그래도 항암제 치료를 받아 체력이 떨어져, 병원에서 누워 지내는 것보다는 낫다고 생각한 겐지는 현재 생활을 선택했다.

"안녕하세요. 방문요양사 오노(大野)입니다. 어르신, 들어갈 게요!"

밝은 목소리가 현관에서 들려왔다고 생각했을 즈음에 살집 좋은 중년 여성이 이미 거실에 얼굴을 내밀고 있었다. 메르가 꼬리를 흔들며 환영한다.

"안녕, 메르야. 너는 어쩜 이렇게 볼 때마다 미인이니. 안녕하세요, 어르신. 몸은 좀 어떠세요?"

"뭐 대충 잘 지내고 있어요."

"다행이네요. 어디 보자, 약은 제대로 드시고 계신가……."

오노는 부엌 식탁에 놓인 상자를 확인한다. 작게 구역이 나 뉜 상자 안에는 각각 하루 치 약이 들어 있었다.

매주 세 번 방문요양사가 겐지의 집을 찾아와 방 청소나 세 탁, 장보기 등을 도와주고 있었다. 체력이 떨어진 겐지에게 있어서는 고마운 존재였다.

4년 전 아내와 사별한 뒤 두 아들도 훌륭히 자립해서 각자 가정을 이루었다. 같이 살자고 하는 장남의 부탁을 겐지는 고집스레 거절하고 있었다.

"나는 오래 살아서 익숙한 이 집에서 메르랑 내가 하고 싶은 대로 사는 편이 편해. 이제 와서 같이 살면 피곤하기만 하고. 그러니 됐다."

완고해도 너무 완고하게 고집을 부리니 두 아들도 두 손을 들어버렸다. 몸 상태가 걱정되어 집요하게 귀찮게 굴면 겐지가 역정을 내기에 평소 잘 알고 지내던 방문요양사에게 부탁해 겐지의 모습을 몰래 확인하는 모양이다. 이 사실은 겐지도 이미 눈치채고 있었지만 이 정도는 눈감아주기로 마음먹었다.

"자 그럼 어르신 또 올게요. 뭐 필요하신 거 있으면 다음에 제가 올 때까지 메모해두시고요."

"매번 미안해서 어쩌나. 다음 주도 잘 부탁함세."

현관 앞에서 오노를 배웅한 겐지는 메르에게 말을 걸었다.

"자 그럼 메르야 슬슬 산책 가볼까?"

메르는 겐지를 올려다보며 신이 나 꼬리를 흔들었다.

겐지가 사는 집 바로 앞에 보이는 인공 연못과 숲으로 둘러싸인 공원.

이 공원을 한 바퀴 돌고 나서 언제나 같은 벤치에서 휴식을 취하는 것이 겐지와 메르의 하루 일과였다. 공원에서 노는 어린아이 여럿이 지르는 환성이 여기저기서 들려온다. 아무래도 여러 명이서 술래잡기를 하는 모양이다.

그때 술래잡기를 하던 아이들 가운데 하나가 겐지와 메르를 발견하고 달려왔다. 근방에 사는 초등학교 4학년생 유토(勇人)였다.

"겐지 할아버지, 안녕하세요."

"오, 오늘도 왔구나."

"네! 메르가 보고 싶어서요!"

메르는 유토가 오자 평소에는 들어보지 못할 콧소리를 쿵쿵 내며 애교를 부렸다. 겐지는 "뭐야, 메르 이 녀석도 역시 여자는 여자구나. 젊은 남자가 더 좋다 이거지!" 하고 말하며 웃음을 터트린다.

겐지가 유토와 처음 만난 곳도 이 벤치였다.

메르과 휴식을 취하고 있는데 "이 아이 쓰다듬어도 되나요?" 하고 유토가 물어왔다. 유토가 하는 이야기를 들어보니 개를 너무 좋아하는데 부모님이 반대해서 키우지 못한다고 했다. 겐지와 메르가 항상 이 공원에서 산책하는 것을 본 유토는 용기를 내서 말을 걸었던 것이다.

"그럼 메르와 친구가 되어주지 않겠니?"

하고, 겐지가 말하자 유토는 눈을 반짝이며 신나서 고개를 끄덕였다. 그 뒤로 이렇게 공원에서 자주 만나 같이 시간을 보내고 있었다.

"유토! 우리 간다!"

멀찍이서 유토를 부르는 소리가 들렸다.

"아! 친구들이 불러요. 저도 따라가야 해요."

"그래, 다음에 보자. 집에 갈 때 조심하고."

"네. 담에 뵈어요. 메르야 안녕!"

유토가 달려간다. 저녁놀이 비추는 그 뒷모습을 겐지도 메르도 눈이 부신 듯 바라보았다.

겐지가 자택에서 쓰러진 것은 그로부터 이틀이 지난 뒤의 일이었다.

발견자는 방문요양사로, 거실에 쓰러져 있던 겐지에게 메르가 딱 붙어 있었다고 한다.

다급히 구급차를 부르려고 하던 여성에게 몽롱한 상태로 겐지는 "괜찮아요. 조금 어지러운 것뿐이니까" 하고 제지하며 장남에게 연락을 부탁한다고 말했다.

입원은 하지 않겠다. 무슨 일이 있더라도 내 집에서 인생을 마무리했으면 한다.

이것이 겐지가 두 아들에게 전하고 싶었던 뜻이다.

아들들은 갈등 끝에 아버지의 의사를 존중하기로 하고 오랫동안 돌봐주었던 동네 의사에게 왕진을 의뢰했다. 방문요양사나 동네 주민들에게도 부탁해서, 다들 번갈아 병문안을 왔으나 누가 보아도 겐지가 많이 쇠약해졌음을 부정할 수 없었다.

방문요양사 오노가 부엌에서 설거지를 하고 있다. 오늘은 일 때문이 아니라 어디까지나 겐지의 지인으로서 온 것이었다.

"메르, 밥 잘 챙겨 먹어야지. 겐지 할아버지가 걱정하시잖아."

오노가 메르에게 사료를 주어도 메르는 고개를 돌리지 않았다. 거실에서, 자고 있는 겐지가 보이는 장소에서 그저 슬퍼하며 상태를 살펴볼 뿐이었다.

"……불쌍해서 그냥 두고 볼 수가 없네. 지금 어떤 상황인지 메르가 알고 있는 것 같잖아."

오노 곁에서 근처 사는 여성이 속삭인다.

"겐지 할아버지, 메르가 먼저 죽기 전까지는 못 죽는다고 매번 말씀하셨는데. 메르는 자기한테 마지막 반려견이니까 메르를 두고 죽을 수는 없다고 하시면서……."

"입원 안 하시겠다고 끝까지 고집 부리신 것도 결국은 메르가 외로워할까봐 그러신 건지도 모르겠어요."

옹고집 겐지 할아버지다운, 서툰 상냥함.

여기 있는 누구나 다 이 사실을 잘 알고 있다. 그렇기에 이렇게 많은 사람들이 겐지 집에 모여 있는 것이다.

다음 날 새벽.

"……어이 ……유지(優治)야."

거실에 앉아 꾸벅꾸벅 졸고 있던 장남 유지가 자기 이름을 부르는 소리를 듣고 헉하고 잠에서 깼다.

"아버지! 네, 저 유지예요. 제 말 들리세요?"

곁에서 담요를 둘둘 말고 있던 둘째 아들도 벌떡 일어난다.

겐지는 게슴츠레 눈을 뜨고 몇 번 호흡을 가다듬은 뒤 쥐어 짜는 목소리로 말했다.

"형제끼리…… 사이좋게 잘 살아야 한다……."

두 사람은 떨리는 입술을 깨물고 필사적으로 감정을 억누르며 겐지를 향해 몇 번이고 크게 고개를 끄덕였다.

"……메르 ……를 불러줘……."

유지가 고개를 들자 메르는 이미 거실로 이어지는 복도에서 이쪽을 바라보고 있었다.

"메르야, 이리 와."

메르가 천천히 다가온다.

"아버지, 여기 메르! 메르 여깄어요!"

메르를 품에 안고 겐지 얼굴로 가져다 댄다.

"미안하……다. 한 발 먼저…… 여보, 어디야……금방 갈게."

메르가 겐지의 이마를 핥는다. 그 감촉을 느꼈는지 겐지가 조금 웃음을 지어 보였다.

"유토……가, 약속, 지켜줄 거야……."

하고 남긴 유언이 무슨 뜻인지 두 아들은 몰랐다.

"유토가 누구예요? 약속이라니? 아버지! 제 말 들려요?"

그러나 그 대답은 이미 돌아오지 못하게 되었다.

겐지가 숨을 거둔 뒤로 메르는 한시도 그 곁을 떠나려 하지
않았다. 누군가가 메르를 방 한구석으로 데려가도 조금 지나
면 다시 겐지에게 다가가 몸을 기댔다. 그리고 겐지 손을 코끝
으로 몇 번이고 들어 올리며 겐지를 깨우려고 했다. 그런 메르
의 모습에 눈물을 참지 못하고 방에서 나가는 이도 있었다.

경야(通夜)*에 찾아온 조문객이 조금씩 조금씩 방문하기 시
작했기에 큰며느리가 결국 메르를 안아들고 다른 방으로 데
려가려고 했다. 그 순간, 메르는 품 안에서 엄청난 힘으로 몸을
뒤틀며 반항하고 짖었다.

"컹컹! 컹컹!"

듣는 사람의 마음을 찢어놓을 것 같은 슬픈 목소리.

"됐어! 그냥 메르가 하고 싶은 대로 하게 두자고. 아버지도 그
러기를 바라실 거야. ……메르야 괜찮아. 여기 있어. 미안하다."

장남이 바닥에 메르를 놓아주자 메르는 단숨에 겐지에게 달

---

* _____ 죽은 사람을 장사 지내기 전에 가까운 친척이나 친구들이 관 옆에서 밤을 새워 지키
는 일. 일본어로 '쓰야(通夜)', 우리나라에서는 '경야(經夜)'라고 부른다.

려가 곁에 엎드렸다. 마치 자기가 겐지가 느끼는 몸의 아픔을 빨아들이면 다시 눈을 뜰 것이라고 믿는 것같이 보였다.

겐지의 장례가 끝난 지 며칠 뒤.

큰며느리가 겐지 집을 청소하고 있는데 남자아이 한 명을 데리고 온 부모가 향을 올리게 해달라고 부탁했다.

'유토'라고 이름을 밝힌 그 남자아이는 겐지와 아는 사이라고 했다. 그리고 자기가 겐지와 약속을 하나 했으며 이를 지키기 위해 왔다고 말했다.

"혹시 겐지 할아버지가 먼저 돌아가시면 제가 겐지 할아버지 대신 메르를 지키겠다고 약속했어요. 그래서 메르를 맞이하려고……. 아빠도 엄마도 메르를 키우는 데 동의하셨어요."

무릎을 꿇고 앉아(正座)* 말하는 유토의 모습은 진지하고 열성적이었다. 긴장해서인지 무릎 위에 올려둔 두 손을 꼭 쥐고 있다. 때때로 목이 막히면서도 자기 스스로 생각한 말을 전하려고 최선을 다해 노력하는 모습을 엿볼 수 있었다.

"……그러니 혹시 메르가 쓸쓸해하고 있으면 저희 집에서

---

* _____ 주로 벌을 받을 때 무릎을 꿇고 앉는 우리나라와 달리, 일본에서는 무릎을 꿇고 앉는 것이 격식을 차리는 자세로 여겨지고 있다. '세이자(正座)' 혹은 단정한 자세라는 의미로 '탄자(端座)'라고 부르며, 대비되는 '아구라(胡座)'는 우리나라에서 '양반다리'라고 부르는 자세로 편안하고 격식을 차리지 않는 자세로 여겨진다. '胡座'는 본래 귀족이 앉는 높은 단이나 외래문명인 의자를 뜻하는 단어였고 아구라가 본래 격식을 갖춘 자세였으나, 에도시대부터 다도가 널리 퍼지면서 의미가 역전되어 세이자가 격식을 갖춘 자세로 정착되었다.

키우게 허락해주지 않으시겠어요? 메르는 제가 꼭 잘 돌봐주겠습니다. 겐지 할아버지가 없어도 쓸쓸해하지 않게."

유토의 아버지가 뒤를 이어 말했다.

"저희들도 아들한테 사정을 들었을 때는 깜짝 놀랐습니다…… 그쪽 사정을 모르는데 그렇게 고집 부리면 안 된다고 몇 번이고 이야기를 했습니다만 겐지 할아버지와 한 약속을 저버릴 수는 없다고 울면서 계속 뜻을 굽히지 않아서요. 그래서 폐를 끼치는 것을 뻔히 알면서도 이렇게 찾아왔습니다. 고인께서 돌아가신 일로 가족 친지분들 상심이 크시리라 생각합니다. 하지만 적어도 유토가 많은 신세를 진 겐지 할아버지께 저희도 어른으로서 예를 표하고 싶어서 조문을 하고 싶다고 생각했습니다."

깊이 고개를 숙인다. 이를 본 유토도 다급히 흉내 내며 고개 숙여 인사했다.

"아이고, 그러셨군요. 일단 메르 문제는 오늘 밤에 남편에게 확인을 해보겠습니다. 유토……였지? 이름이. 맞니?"

"아, 네!"

유토가 등줄기를 곧게 편다.

"겐지 할아버지와 한 약속 지켜줘서 고맙구나. 분명 천국에서 할아버지도 기뻐하실 거라고 생각해. 할아버지 대신 고맙다고 인사드리고 싶구나. 하지만 메르는 지금 아줌마네 집에 있단다. 유토가 한 약속 꼭 전해줄 테니까 조금만 더 기다려주렴."

유토는 꾸벅하고 고개를 주억인 뒤 어물어물 겐지의 제단을
보았다.

겐지와 한 약속을 지킬 때까지 유토는 제단을 보지도 못했
던 것이다.

많은 꽃으로 둘러싸인 한가운데 겐지의 영정 사진이 걸려
있었다.

―내가 아는 겐지 할아버지가 훨씬 더 상냥한 얼굴이셨던
것 같은데……

하고, 자기도 모르게 마음속으로 떠올렸다.

그날 밤.

아내로부터 사정을 들은 장남은 겐지가 마지막 남긴 유언의
의미를 알게 되어 깜짝 놀랐다.

"그랬구나……. 그 말은 그런 뜻이었구나……!"

"메르를 어떻게 해야 좋을까? 메르도 이제 나이가 많은데 정
말 맡겨도 괜찮을지 모르겠네. 제대로 돌봐줄 수 있을지가 걱
정이 되기도 하고."

"괜찮겠지. 그 고집 세고 완고한 옹고집 영감이 믿고 맡기겠
다고 한 아이니까. 일단은 한번 만나서 이야기를 들어봐야겠
어. 게다가 아버지가 마지막으로 남긴 유언인데 안 지킬 수도

없는 것 아냐……. 그렇지? 메르야?"

소파에 엎드려 있던 메르가 자기 이름을 듣고 고개를 들었다.

그 눈동자 속에는 언젠가 다시 만나게 될 아주 좋아하는 유토 모습이 비치고 있는 듯했다.

Story 3

추억을 품에 안고 살아가자
— 할아버지와 소년의 약속

유토 × 메르(믹스)

기분 좋은 햇살이 쏟아지는 가운데 유토와 메르는 공원 벤치에 앉아 있었다.

　유토네 집으로 메르가 온 지 한 달이 지났다.

　메르는 마치 모든 것을 이해하고 있는 양 유토네 집에 자연스럽게 녹아들어갔다. 유토의 양친도 처음에는 걱정스레 상황을 지켜보았지만 이제는 메르의 귀여움에 완전히 마음을 빼앗겨서 팔불출이 다 되었다.

　유토에게는 아무렇지도 않은 공원 한 바퀴 산책도 열네 살 메르에게는 상당한 거리다. 그러니 유토는 반드시 산책하는 중간에 메르가 쉬도록 걸음을 멈춘다. 겐지와 언제나 시간을 보내던 추억이 담긴 벤치에서.

유토가 겐지와 '약속'한 것도 역시 이 벤치였다.

그 당시 어떤 일이 있었는지를 유토는 신기할 정도로 확실히 기억하고 있었다.

그날도 오늘처럼 덥지도 춥지도 않은 시간을 보내기 좋은 가을날이었다.

"마지막 개? 무슨 말씀이세요?"

유토의 질문에 겐지가 웃으며 대답한다.

"마지막이 마지막이지 뭐. 말 그대로다. 메르가 내 마지막 개라는 말이야."

"……왜요?"

"유토야, 있지? 개는 오래 살아도 열다섯 살에서 스무 살까지 산단다. 난 벌써 일흔이 넘었으니까 지금 새로 개를 키워도 그 개를 끝까지 지켜봐주지 못할 가능성이 높아."

"끝까지 지켜봐준다는 게 무슨 뜻이에요?"

"천국에 가는 걸 곁에서 지켜봐주지 못한다는 말이다."

"죽는 거 말씀이세요? 죽는 건 싫어요. 무서워."

"하하핫. 죽는 게 무섭구나. 그건 그렇지. 하지만 유토야, 죽는 것보다 남는 게 더 괴롭고 슬프고 고생이란다. 소중한 사람의 존재를 등에 지고 살아야만 하니까. 그러려면 아주 강한 사람이어야만 해. 그래서 나는 메르보다 오래 살아야 한다. 뭐 메르를 먼저 보내고 나면 다음은 이제 내 차례가 되는 거지만."

"으음, 잘 모르겠어요……."

유토는 곤란한 표정으로 고개를 갸웃거리며 메르를 쓰다듬었다. 메르도 유토 흉내를 내며 고개를 같은 방향으로 갸웃거렸다. 그 모습을 본 겐지가 웃었다.

"유토한테는 아직 이르구나. ……그럼, 만약 내가 오늘 죽었다고 치자."

"네? 안 돼요, 그러면."

"예를 들면. 그렇다 치면 메르는 무슨 생각을 할까?"

"……엄청 슬퍼할 거 같아요. 겐지 할아버지 엄청 좋아하는데 없어지면 혼자 남으니까 쓸쓸할 거 같아요."

"그렇지? 그러니까 이 할아버지는 메르가 그런 기분이 들게 하고 싶지 않은 거란다."

메르의 기분을 상상한 것만으로도 유토의 눈에서는 눈물이 배어 나왔다.

"그래서 이 할아버지는 메르가 그런 기분이 들지 않도록 메르보다 오래 살려고 이렇게 버티고 있는 거란다……. 그런데 요즈음은 자신이 없어지는구나."

겐지가 메르를 바라보았다. 그 표정이 너무도 슬퍼 보였기에 유토는 분위기를 바꾸어보겠다는 마음에 힘차게 벤치에서 일어섰다.

"혹시라도 그런 일이 생기면 제가 메르를 지켜줄게요! 메르가 슬퍼하지 않게, 쓸쓸해하지 않게, 제가 앞으로도 쭉 겐지 할아버지 대신 메르를 지켜줄게요!"

예상치 못한 대답을 들은 겐지는 멍하니 유토를 바라봤다. 그리고 기뻐서 웃음을 터트리고 유토의 머리를 힘차게 쓰다듬었다.

"고맙다! 장하구나 유토! 그럼 이 할아버지도 안심이다! 만약 내가 먼저 죽으면 메르를 잘 부탁한다, 유토! 사나이 대 사나이로서 약속이다!"

"응! 약속!"

그리고 몇 개월이 흘러―.

평소처럼 공원에서 친구랑 놀고 있던 유토는 메르와 함께 산책을 다니는 겐지의 모습이 요 며칠 한 번도 보이지 않은 점이 신경 쓰였다. 놀면서도 한동안은 벤치를 신경 쓰며 봤지만 그날도 결국 만나지 못했다.

산책 시간이 바뀌신 건가?

하고 생각하고 집으로 돌아간 다음 날.

공원 건너편으로 보이는 겐지가 사는 집 앞에 검은 옷을 입은 사람이 보였다. 유토는 후욱 하고 짧게 숨을 들이마신 채로 멈추고 말았다. 손안에서 기분 나쁜 식은땀이 배어 나온다. 두 손을 꽉 쥐고 천천히 겐지가 사는 집으로 걸어간다. 겐지의 집 앞에는 하얀 초롱불(提灯)*이 서 있고 활짝 열린 현관문에서 손수건으로 눈가를 꼬옥 누른 동네 사람들이 들어가고 나온다.

그 순간 유토는 겐지의 집과는 정반대 방향으로 내달리기 시작했다.

머릿속이 새하얗게 되어서 뭘 어찌해야 좋을지도 모른 채 그저 아무렇게나 온 힘을 다해 내달렸다. 숨이 차올라 어질어질해지고 나서야 겨우 발이 멈췄다. 거칠어진 숨을 가다듬고 달려온 길을 그대로 다시 거슬러 돌아간 곳은 겐지의 집이 아니라 겐지와 메르 둘과 함께 시간을 보낸 벤치였다. 어두워질 때까지 혼자 벤치에 앉아 있었다.

겐지 할아버지가 돌아가신 거야…….

하고, 머릿속으로 중얼거려보아도 실감이 전혀 나지 않는다.

내일이 오면 여전히 겐지 할아버지가 이 벤치에 메르와 함께 앉아 있을 것 같다는 기분이 들었다. 그리고 다시 여러 가지 이야기를 들려주시겠지.

이야기…… 그래. 겐지 할아버지랑 했던 약속!

유토는 고개를 번쩍 들었다.

*_____ 일본에서는 초상집이 하얀 초롱불을 내걸어 상을 당했음을 알린다.

"내가 메르를……!"

빨리 집으로 돌아가 엄마랑 아빠한테 그 이야기를 해야 돼.

튕겨 나가듯 벤치에서 일어난 유토는 다시 한 번 달렸다.

숨이 차서 집에 도착했다 싶더니 기백 가득한 표정으로 개를 키우게 해달라고 말을 꺼낸 아들에게 유토의 어머니는 할 말을 잃었다.

"유토, 엄마가 몇 번을 말했니? 개는 안 돼. 제대로 돌보지도 못할 거면서. 그렇게 쉽게 생각해서 무책임하게 키우겠다고 하면 당하는 개는 얼마나 불쌍하니?"

"쉽게 생각한 거 아니라니까요!"

"말은 그렇게 해도 결국은 엄마가 다 뒷바라지하고 키우게 될걸?"

"그게 아니라니까! 몇 번을 말해야 돼요?! 메르는 제가 책임져야 한단 말이에요! 겐지 할아버지랑 약속했단 말이에요!"

"……메르? 겐지 할아버지? 그게 누구야? 유토, 너 지금 무슨 개 이야기하고 있는 거니?"

"겐지 할아버지가 돌아가셔서 메르가 혼자 남겨졌단 말이에요. 그러니까 제가 메르를 지켜야 해요. 겐지 할아버지랑 약속했단 말이에요!"

유토의 눈에서 커다란 눈물방울이 펑펑 쏟아졌다. 콧물을 훌쩍이며 얼굴을 구깃구깃 찡그리며 호소하는 모습에 어머니도 단순한 사정이 아니라 느끼고 하나하나 증명하듯 말했다.

"……슬픈 건 알겠는데 조금만 진정하렴. 어떤 사정이 있는지는 몰라도 아빠랑도 이야기해봐야지. 일단은 밥부터 먹자. 알았지?"

"안 먹을래요. 아빠랑 이야기할 때까지 밥 안 먹을 거예요. 퇴근하실 때까지 기다릴 거예요!"

유토는 셔츠 소매로 얼굴을 쓱쓱 문대면서 거실에서 무릎을 끌어안고 앉았다. 어머니는 한숨을 내쉬며 그 모습을 바라보았다.

그 뒤로 몇 시간이 지났다.

퇴근하고 돌아온 아버지에게 달려가 유토는 메르와 겐지에게 했던 약속을 한꺼번에 이야기하기 시작했다. 배고픔과 씨름하며 기다리는 동안 머릿속에서 열심히 연습을 거듭해왔기에 어머니에게 이야기할 때보다 사정을 더 알기 쉽게 설명할 수 있었다. 아버지는 양복을 갈아입지도 않고 부엌 의자에 앉아 유토의 이야기를 들어주었다.

"……그러니까 제가 빨리 메르를 맞이하러 가지 않으면 겐지 할아버지는 분명 걱정되고 불안해서 저세상에 못 가실 거예요."

"그렇지만 유토야, 겐지 할아버지랑 한 '사나이 대 사나이의 약속'은 그냥 메르를 데리고 온다고 해서 끝나지 않아."

"……네?"

"메르를 끝까지 지켜줄 자신은 있니? 메르가 유토랑 같이 살아서 행복하다는 생각이 들지 못하면 겐지 할아버지랑 한 약속은 못 지킨 게 되는 거야. 네 각오는 거기까지 되어 있는지 묻는 거란다. 어떠니?"

"네."

"유토가 스스로 돌봐주겠다고 말해서 키우던 송사리가 결국 죽었던 적 있지? 엄마가 대신 먹이 주고 했던 건 왜 그랬지? 생명을 책임진다는 건 간단한 일이 아니야. 게다가 개를 키우는 일이면 돌봐줘야 할 일이 잔뜩 있고 여간 귀찮은 게 많은 게 아니란다. 송사리랑은 비교할 수 없을 만큼."

"약속 어기는 일은 더 이상 없을 거예요. 제대로 돌봐주고 산책도 제가 나갈게요. 그 대신 게임 못 하게 돼도 상관없어요. 메르 사료 값이 부족해지거나 하면 제 용돈으로 살게요! 제발 부탁드릴게요, 절 믿어주세요."

"그 말이랑 각오 다 진심으로 하는 말 맞지?"

"네. 이것도 사나이 대 사나이의 약속이에요."

"……그럼 아빠가 같이 겐지 할아버지 가족분들 만나러 가줄게."

"정말요?"

어머니가 놀란 얼굴로 남편을 보았다.

"다만," 아버지가 말했다. "메르를 데리고 가고 싶다고 유토가 직접 이야기해야 한다. 그건 유토가 겐지 할아버지랑 한 약속이니까. 아빠는 일체 아무 말도 안 할 거니까. 그렇게 해서 만약 겐지 할아버지 가족분들이 안 된다고 하면 있는 그대로 받아들이고 포기할 것. 할 수 있겠어?"

"……할 수 있어요. 할게요."

유토는 힘차게 고개를 끄덕였다.

어머니는 그릇을 들고 두 사람 옆에 섰다.

"자! 일단 밥부터 먹도록 하죠! 유토가 밥을 안 먹어서 나도 아직 밥을 안 먹었으니까. 배 속이 아주 밥 달라고 난리."

어머니의 말에 대답하듯 유토의 배가 꼬르륵 하고 울었다.

이렇게 유토는 아버지와 함께 겐지의 집으로 가게 되었다.

"야! 유토! 어? 메르도 있네?"

자전거를 탄 반 친구가 벤치를 향해 달려온다.

"메르야, 안녕."

소년은 자전거에서 내려 벤치에 앉아 메르를 뒤에서부터 안으면서 머리에 자기 턱을 얹었다. 메르가 몸을 비틀어 소년의 얼굴을 핥으려 하자 웃음을 터트린 소년의 몸이 활처럼 뒤로 크게 젖혀졌다.

평소 겐지 할아버지가 앉아 있던 그 자리에 지금은 유토 친구들이 앉으러 찾아온다. 유토에게는 이 사실이 무엇보다 기뻤다. 겐지 할아버지가 소중히 생각하던 곳이 텅 비어 있는 것은 생각만 해도 싫다.

그때는 겐지 할아버지가 한 말이 무슨 뜻인지 잘 알아듣지 못했던 것 같아.

하지만 지금은 아주 조금 알아들은 것 같기도 해.

왜냐면 난 더 이상 겐지 할아버지와 만나지 못한다는 사실에 너무도 슬프고 쓸쓸하거든.

이 기분은 분녕 메르노 똑같을 거야.

겐지 할아버지는 이 기분을 메르에게 맛보지 않게 해주려고 하셨던 거야.

이게 겐지 할아버지가 말씀하셨던 '남겨진 사람의 괴로움'이라는 걸까?

만약 그렇다면 나랑 메르는 '강해져야만 하는' 거겠지.

걱정 마요, 겐지 할아버지. 전 약속을 제대로 지켰어요.

사나이 대 사나이의 약속이니까요. 그렇죠?

메르는 괜찮으니까, 건강하게 잘 지내고 있으니까, 걱정 마세요.

요즘엔 제 친구들도 메르랑 만나고 싶어서 공원으로 찾아올 정도예요.

메르도 친구가 늘어서 즐거운 모양이에요.

"나 지금 학원 가야 해. 내일 보자. 메르야 바이바이!"

소년이 자전거에 타고 멀어지는 모습을 바라본 뒤,

"메르야 우리도 슬슬 출발하자!"

하고 유토가 메르에게 말을 걸며 일어선다. 메르가 몸을 부들부들 떨면서 모래를 떨어내자 유토가 곁에서 크게 기지개를 켰다.

문득 떠오른 생각에 유토가 뒤돌아보았다.

"바이바이, 겐지 할아버지. 내일 또 뵈어요."

벤치를 향해 미소 지은 유토가 메르의 발걸음에 맞추어 천천히 걸어가기 시작했다.

Story 4

천국에 있는, 당신에게
— 산책이 이어준 따스한 인연

가즈에 × 모코(시바견)

톡.

달아오른 이마에 시원한 감촉. 가즈에(和惠)가 게슴츠레 눈꺼풀을 들어보니 눈앞에 윤기가 흐르는 까맣고 동그란 코끝이 보였다.

시바견 모코(モコ)가 평소 자랑하는 코다.

가즈에와 눈이 마주친 모코는 다시 한 번 가즈에의 이마에 자기 코를 가져다 대고 걱정스레 바라보았다.

"모코야 미안해. 걱정했어요?"

하고, 이불 속에서 손을 뻗어 모코의 머리를 쓰다듬는다. 모코는 조금 안심한 듯 눈을 가늘게 뜨고 가즈에의 손바닥에 머리를 꾹꾹 가져다 댔다.

열이 내릴 기미가 보이질 않아. 온몸이 너무너무 뜨거워 오한으로 떨림이 멈추지 않네. 관절은 삐걱삐걱 아프고. 큰일이네. 점점 악화되는 거 같은데……

하고 생각하며, 가즈에는 방 안 시계를 본다. 오후 5시 반이막 지난 참이었다.

점심을 안 먹고 누워 있었는데도 뭘 좀 먹어야겠다는 생각이 전혀 들지 않았다. 하지만 이 시간이면 모코에게는 행복으로 가득한 시간이 시작된다. 밥을 다 먹은 뒤 저녁 산책을 나설 시간이기 때문이다.

모코는 이불에서 일어난 가즈에 곁에서 발을 동동 구르고 있었다. 그 모습은 마치 신이 나서 깡충깡충 뛰는 것같이 보였다. 크루아상 같은 갈색 꼬리가 좌우로 붕붕 흔들렸다.

"모코야 왜 그래? 걱정해서 그런 게 아니라 밥 달라고 그런 거였어? 매정하기는."

하고, 아래로 내려다보며 말했지만 속마음으로 그리 생각한 것은 아니었다.

남편은 사흘 전 출장을 나가 돌아오는 날은 2주 뒤나 되어야한다. 원래부터 출장이 많은 일이다 보니 익숙해져 있었지만 이렇게 감기에 걸려서 드러누워버렸을 때는 아무리 가즈에라도 기운이 쭉 빠진다. 그래서 모코가 곁에 있어주는 것이 큰 힘이 되었다. 모코 덕분에 외톨이가 아니라고 느낀다.

가즈에와 남편은 둘 다 40대 후반으로 아이가 없다. 서로 언젠가는 아이가 생기겠거니 하고 생각하고 지냈지만 결국 그 기회는 찾아오지 않았다. 그래서 4년 전 시바견 암컷 강아지 모코가 집으로 오게 된 것이다.

아이를 갖는 문제를 두고 부부가 입씨름을 벌이거나 슬퍼하는 일은 없다. 두 사람 모두 있는 그대로의 현실을 조용히 받아들였다. 그러나 가즈에는 아이를 좋아하는 남편에게 미안한 마음이 언제나 있었다. 그래서 딱 한 번 가즈에는 남편에게 이런 말을 한 적이 있다.

"아내로서 해야 할 일을 다하지 못해 미안해요."

이 말을 들은 남편은 가즈에에게 물었다.

"당신 혹시 모코한테 뭔가 이랬으면 하고 바란 적 있어요?"

"전혀요. 그저 곁에 있어주기만 해도 좋아요. 치유되는 것 같거든요."

"그렇죠? 난 그저 당신이 곁에 있어주기만 하면 돼요. 게다가 모코까지 있으니까. 이게 우리 가족의 모양새니까 지금 이대로 충분하지 않아요?"

그 순간 가즈에는 새삼스레 더더욱 '이 사람과 함께하기를 잘했다'라고 느꼈다.

부엌에서 모코에게 밥을 줄 준비를 마치고 바닥에 둔 모코

전용 탁자에 접시에 담아 올려주자 모코가 기다리고 기다리던 밥이 왔구나 하고 신이 나 먹기 시작했다.

그 모습을 보고 있으니 가즈에는 감기로 아픈 몸을 조금은 잊을 수 있었다.

"모코야 오늘은 내 몫까지 양껏 먹으렴."

한참 동안 모코가 밥 먹는 모습을 보는 와중에 현관 초인종이 울렸다.

"으윽."

저도 모르게 이상한 소리가 흘러나왔다. 옷은 파자마고 머리는 푸석푸석 분명 얼굴도 엉망이다. 남들 눈앞에 나설 꼴이 아니다. 가즈에는 마지못해 초인종 도어폰 수화기를 들었다. 모니터 화면에는 연배가 있는 남성이 비치고 있었다.

"……누구세요?"

"저기, 505호 사는 하야시(林)라고 하는데."

"아, 네."

하야시 씨? 누구지?

가즈에는 505호에 누가 사는지 떠올려보려고 했지만 전혀 기억이 나지 않았다.

가즈에가 사는 아파트(分讓マンション)*는 어느 방을 가봐도 조촐하고 아담해서 아이가 있는 가족에게는 너무 좁기에 독신이나 둘이 사는 부부가 많다. 가즈에 방은 반려동물이 허용되

68

는 임대**기는 했으나 모코가 많이 자랐으니 "모코를 위해서라도 좀 더 넓은 방으로 이사 갑시다" 하고 남편과 이야기를 나눈 적이 있을 정도다.

가즈에는 수화기를 내려놓고 침실에서 니트 가운과 스톨을 가져와 걸친 뒤, 현관으로 향했다. 모코가 가즈에 뒤를 쫓아온다. 마루로 된 복도를 걷는 모코의 발톱이 찻찻, 찻찻 하고 귀여운 소리를 냈다.

"……네."

어물어물 현관문을 연다.

그 앞에는 여든을 갓 넘어 보이는 머리가 하얗게 샌 남성이 서 있었다.

"저기, 자치회(自治会)*** 올해 치 회비 걷으러 왔는데."

---

*_____ 일본에서 '아파트'는 서민형 연립 다세대 주택을 의미하며 한국의 '원룸'과 유사하다. 한국의 '아파트'는 '분양용 다층 공동 주택'을 의미하며 일본에서는 '만숀(マンション, Mansion)이라고 부른다. 참고로 일본에는 전세 제도가 없다.

**_____ 일본에서는 주택 임대 계약 시 반려동물을 못 기른다는 조항이 들어가는 경우가 상당히 많다.

***_____ 우리나라의 반상회와 비슷한 조직. 같은 마을이나 주택가 주민이 모여 회비를 모아 운영하며 공통 이익과 생활 환경 향상을 목적으로 한다. 주로 마을 행사나 청소, 소방 훈련 등을 담당한다. 최근까지도 지역 사회의 결집이 강했던 일본에서 지방 자치에 중요한 역할을 담당했으나, 최근에는 다양한 부작용으로 반발도 강하다. 대표적인 예로 민간 조직임에도 공직에서 낙하산 인사로 들어온 사람이 간부를 맡거나, 실질적인 행정 말단 조직으로서 공공 업무 수행을 강요받거나, 회원이 마음대로 탈퇴하지 못하게 강제하는 문제 등이 붉거지는 경우도 있다.

해마다 1월에 걷는 자치회비 수금이었다. 이 아파트는 임대 주민이 아닌 자기 집에 사는 주민들이 매년 돌아가며 모금을 담당하고 있다. 올해는 이 할아버지 차례인 모양이다.

"아 죄송합니다. 저기 얼마 드리면 되죠?"

"일 년 치 해서 이천사백 엔."

"죄송해요, 지갑 좀 가지고 올 테니 잠깐만 기다려주실래요?"

벽에 손을 짚어가며 비틀비틀 거실로 가 지갑을 손에 들고 현관으로 돌아온다. 잠깐 한 왕복만으로도 가즈에는 헉헉 숨이 찼다. 모코가 가즈에 뒤를 따른다.

"……여기 이천사백 엔요."

천 엔짜리 위에 동전을 올려 건네는 손이 열이 나서인지 미세하게 떨리고 있었다.

"……어디 안 좋아 보이는데, 감기?"

"네, 그런 것 같아요. 이런 모습으로 죄송합니다."

"아니 뭐 죄송할 것까지야……. 좀만 기다려요. 영수증 꺼내 줄 테니까. 가만있자 이름이……."

"아사노(浅野)*입니다."

하야시가 영수증을 꺼내 작성하는 동안 현관에는 침묵이 흐

---

*_____ 일본은 이름 전체 보다 주로 성을 사용하며, 가까운 사이라도 성으로 부르는 경우가 많다. 또한 결혼하면 주로 여성이 남성의 성을 따르기에 가족과 성은 때때로 동일시된다. 남성이 데 릴사위로서 여성의 성을 따르는 경우도 있으나 드문 편이다.

른다. 가즈에는 왠지 모를 거북스러움에 눈을 돌리다 우연히 보인 모코의 산책용 가슴줄을 보며 어색함을 채우려 말을 꺼 냈다.

"몸이 아픈 탓에 이 아이도 오늘은 산책을 못 하게 되어서 말이죠……."

일단 아침에 한 번 산책을 다녀왔으니 오늘 밤은 배변용 시트로 참아주기를 바랄 생각이었다.* 모코에게는 미안하지만 내일 낮에는 근무 시간이 잡혀 있기에 쉴 수가 없었다. 어떻게든 오늘 밤 안으로 열을 잡아서 내일 아침 일찍 일어나 모코를 실컷 산책시켜주자, 하고 생각하고 있었다.

부루퉁한 얼굴로 영수증을 적던 하야시가 문득 고개를 들었다. 인상을 쓰고 모코를 빤히 쳐다보았다.

"내가 대신 다녀와줄까, 얘 산책?"

"네에?! 아뇨 아니요 괜찮아요! 아침에 산책했어요!"

설마 그런 말이 되돌아올 줄은 꿈에도 몰랐기에 목소리에 말투까지 이상하게 튀어나왔다.

"산책 끈 저거 아니야? 똥 치우는 봉다리는 어딨어?"

현관에 걸어둔 가슴줄을 든 하야시를 보자 산책 간다고 생

*_____ 개는 생활 반경 외부에서 배변하는 습성이 있어 반려견이 산책하는 도중 용변을 보는 경우가 많다.

각한 모코가 신이 나서 제자리에서 경중경중 뛰었다.

"모코야 안 돼! 산책 아니야!"

"똥 마려워하는 거 같은데? 여 한 바퀴 잠깐 빙 돌고 올게."

"아뇨 정말 괜찮아요. 집 안에서도 용변 볼 줄 알거든요. 이 아이 아직 어려도 당기는 힘이 무지 세서 혹시나 넘어지시거나 하면……."

노인네 취급을 당해 기분이 상했는지 하야시의 표정이 팍 구겨졌다.

"……쓸데없는 걱정 안 해도 되니까 봉다리나 이리 줘."

그는 모코에게 가슴줄을 연결하려고 들었다. 모코는 '얼른 나가요' 하는 표정에 '앉아' 자세로 하야시를 올려다보았다. 처음 본 상대인데도 산책이라는 말에 마음을 활짝 열어버린 모양이다.

"아니 정말 괜찮다니까요……."

뭘 어떻게 말해야 포기할지 적당한 말이 떠오르지 않는다. 당신같이 모르는 사람에게 우리 모코를 맡길 리가 없잖아요. 이게 속마음이었지만 아무리 그래도 이런 심한 말을 노인에게 대놓고 할 수는 없었다.

하야시는 조금 짜증 난 모습으로,

"딱히 유괴 같은 못된 짓 하려는 고약한 심보도 아니니까 걱정 말고. 거 같은 아파트 주민끼리 못 믿는 건가?"

속마음을 들킨 것같이 허를 찔리고 만 가즈에는 그 자리에 멀뚱히 굳어버렸다. 그다음 벌어진 일은 너무 심하게 동요한 탓에 잘 기억이 나지 않았다. 신발장 위에 두었던 모코의 산책 가방을 스스로 건네준 것 같다는 기분도 들고 하야시가 "이거?" 하고 받아든 기억도 난다. 하지만 모코가 돌아올 때까지 걸린 시간은 말할 수 없을 정도로 길고 불안으로 가득했다. 자기 체온이 38도나 되는 고열이라는 사실도 완전히 잊어버릴 정도로.

다음 날.
만반의 준비를 갖춘 몸 상태까지는 못 되더라도 움직일 만큼 회복한 가즈에는 자기가 일하는 대형마트 휴게실에서 이 사건의 전말을 비정규직 직장 동료인 마이(マイ)씨에게 들려주었다.
"아, 하야시 할아버지 말하는 거야? 나 누군지 알아."
마이 씨가 웃으며 대답한다.
"아무리 모코를 유괴해 가거나 하지는 않는다 해도 그건 좀 태도가 좋지 못했네. 그분 우리 가게에도 장 보러 오시던데. 아사노 씨 몰랐어?"
"당연히 몰랐지. 어쩌면 지나가다 스쳐 지나갔을 수는 있어도 그 사람이 같은 아파트 사는 사람인지는 알 리가 없잖아."

"아마 부인이 돌아가셔서 교외 단독주택 팔고 그 아파트로 이사 온 걸 거야. 혼자 살다 보니까 적적해서 그런 거 아냐?"

"아무리 그래도 그렇지 남의 집 개를 산책시키겠다고 막 그러는 건……."

"에이 뭐 그야 그렇지. 개 좋아하는 사람 같은 느낌도 안 났고. 아사노 씨도 감기만 안 걸렸으면 됐다고 딱 잘라서 거절했을 거고, 그렇지 않아?"

"응? ……음, 뭐 그렇지."

열이 머리까지 올라 어질어질 정신이 없기는 했지만 가즈에가 의연한 태도로 거절하지 못한 이유는 달리 하나가 더 있었다.

백발에 부루퉁한 얼굴을 한 하야시의 모습이 자신의 아버지와 겹쳐 보였기 때문이다.

가즈에의 어머니는 그녀가 서른 즈음에 병환으로 타계했다. 그 이후로 가즈에의 아버지는 죽 혼자서 살아왔다. 아버지 집은 가즈에가 사는 마을에서 전철로 두 시간 정도 떨어진 거리였으나 가즈에는 1년에 한두 번 얼굴을 비추는 게 고작이었다.

외동딸인 가즈에는 어릴 때부터 언제나 과묵하고 무뚝뚝해 무슨 생각을 하는지 알 수 없는 아버지를 어떻게 대해야 좋을지 몰랐다. 그리고 그 상태는 가즈에가 성장해 독립하고 취직하고 남편과 결혼하기에 이를 때까지 이어졌다. 그래도 어머니가 살아 계실 적에는 지금보다도 더 빈번하게 본가를 찾아 갔다. 그러나 가즈에와 아버지를 연결해주던 어머니의 존재가 없어지고 난 뒤로는 해가 갈수록 아버지를 대할 때 거리감이 커졌다.

딱히 아버지를 싫어하거나 하지는 않았다. 그저 좋아하지도 않았을 뿐이다.

2년 전 겨울 가즈에가 오랜만에 얼굴을 비췄을 때도 아버지는 찾아와서 반가운 건지 귀찮은 건지 전혀 모를 표정으로 가즈에를 맞이했다. 두루뭉술하게 어물어물 넘어가는 대화를 몇 마디 주고받으며 가즈에가 사온 케이크를 다 먹은 바로 그 타이밍에 얘깃거리도 끊겼다.

"……그럼 저 이만 가볼게요."

가즈에가 의자에서 일어나자 아버지도 뒤따라 일어섰다. 그 태도가 마치 자신이 돌아가니까 이제야 한숨 돌리고 안심된다는 듯 느껴진 가즈에는 거북살스러움에 종종걸음으로 현관을 향했다.

"이거 가져가서 먹어라."

등 뒤로 아버지의 목소리가 들렸다. 돌아보니 하얀 비닐봉지를 손에 들고 있었다. 받아 들어 안을 보니 아직 따스한 온기가 조금 남은 군고구마 두 개가 들어 있었다. 군고구마는 멋 부릴 줄 모르는 소박한 아버지다운 선택이었다.

"……됐어요. 케이크도 먹었고. 아버지 내일 잡수세요."

비닐봉지를 아버지에게 불쑥 내밀어 되돌려주었다. 아버지는 말없이 그 봉지를 받아 들었다.

이것이 가즈에와 아버지 사이의 마지막 대화다.

아버지는 그해 봄 뇌경색으로 타계했다.

그 군고구마는 아버지가 가즈에와 먹으려고 사 왔던 것이리라. 하지만 가즈에가 케이크를 사 오는 바람에 꺼내지 못하고 있었으리라. 가즈에도 사정을 알아차렸다. 그럼에도 가즈에는 솔직한 마음으로 호의를 받아들이지 못했다.

혹시 그때 내가 반갑게 받아들였다면 아버지는 어떤 표정을 지으셨을까.

……하는 생각이 그 뒤로도 계속 가즈에의 마음속에 남아 있었다.

하야시의 고집스러운 표정을 보았을 때 왠지 모르게 군고구마 봉지를 꼭 쥐고 있던 아버지 얼굴이 떠올랐다. 그래서 딱 잘라 거절하지 못했다.

그로부터 한 달 정도 지났을 즈음.

가즈에가 모코 산책을 가려고 준비하는데 하야시가 다시 찾아왔다. 변함없이 불퉁스러운 얼굴이었으나 평소보다 더 뻣뻣하니 불편해 보였다.

　"내일 낮에 말이지 딱 한 번만 더 개 산책시켜줘도 될까?"

　또 한 번 허를 찔려버린 가즈에였지만 이번에는 감기에 걸리지도 않았으니 의식도 똑바로 차리고 있었다. 아무리 아버지와 모습이 겹쳐 보인다고는 해도 모코를 생각하면 쉽게 승낙할 수 없었다.

　"저기…… 귀여워해주시는 건 고맙습니다만 혹시라도 모코가 어르신을 다치게 하거나 하면 죄송하기도 해서……. 소 잃고 외양간 고칠 수도 없으니까요. 저번에는 제가 몸이 안 좋아서 고생시켜드리기는 했지만……."

　"……."

　"아 혹시 모코랑 산책을 정 하고 싶으시다면 저도 같이 가면 어떨까요? 제가 가슴줄 잡고 가면 괜찮을 테니까."

　"아냐, 됐어."

　하야시는 그 말만 툭 내뱉은 뒤 돌아가버렸다.

　"저 할아버지, 아니 뭐야 정말……."

　모코는 그런 하야시의 등을 지긋이 바라보고 있었다.

　"모코야 아까 그 할아버지는 도대체 왜 그랬을까? 너도 참

희한한 사람이 꼬이는구나?"

산책 도중 저도 모르게 모코에게 말을 건다. 모코가 진지한 모습으로 길 한복판에서 냄새를 맡으며 걷고 있었다.

한참을 걷고 있는데 모코가 갑자기 가슴줄을 강하게 끌어당기면서 내달리려고 했다. 가즈에는 휘청거리다 넘어질 뻔했다.

"모코야 잠깐만!"

당황해서 가슴줄을 꽉 쥐고 잡아당겨 못 가게 막는다. 모코가 이렇게 고집을 부리는 일은 드물었다. 항상 다니는 산책 코스와는 완전히 다른 방향을 바라보며 힘차게 죽죽 끌어당기며 앞으로 나아가려고 했다. 끌어당겨 막으려고 하자 네 발로 떡 버티고 온 힘을 다해 저항했다.

"모코야 왜 그래. 만날 다니는 길은 이쪽이잖아. 착하지?"

하고, 가즈에가 말해도 모코는 움직이려고 하지 않았다. 쿵쿵하고 작게 짖으면서 가즈에를 바라보고 있었다.

"저쪽으로 가고 싶어서 그래?"

"큐웅 꾸웅……."

"아이고 진짜! 그렇게 울지 마. ……오늘만이니까 그런 줄 알아, 알았지!"

가즈에가 포기하고 자기 뜻에 따라주자 모코는 때때로 뒤돌아보면서 앞으로 팍팍 나아갔다. 마치 가즈에에게 길 안내를 해주기라도 하듯.

15분 정도 걸었을까? 저녁놀이 지는 가운데 눈앞에 보인 실루엣에 가즈에는 깜짝 놀랐다.

실루엣의 정체는 놀랍게도 절*이었다.

"멍! 멍!"

모코가 신이 나 짖는다. 아무래도 여기가 결승점이었나보다. 가즈에는 모코가 만족한 모습을 확인하자마자 왔던 길로 되돌아가려고 했다. 그러나 바로 그 순간 절 관리사무소에서 사람이 나오는 게 보였다.

"어머 어디 강아지가 이렇게 짖나 하고 봤더니 얼마 전에 놀러왔던 시바견이네? 오늘은 할아버지랑 같이 안 왔구나?"

관리사무소에서 일하는 것으로 보이는 그 여성은 모코를 보고 방긋 미소 지었다.

"멍!"

모코가 대답한다. 가즈에는 도통 영문을 몰랐다. 이게 도대체 어찌 된 일이야? 다른 개랑 착각하신 거 아닌가?

"저기 다른 강아지랑 착각하신 것 같은데······?"

여성은 모코 앞에 쪼그리고 앉아 모코의 얼굴을 두 손으로

---

*⎯⎯⎯⎯⎯⎯⎯ 일본 불교는 주로 장례나 제사 등 사람이 죽은 뒤를 담당하며, 절 경내에는 일종의 공동묘지로서 그 지역에 사는 가문의 가족묘가 존재한다. 죽으면 화장한 뒤 가족묘에 함께 납골해 가문의 일원으로 남는 것이다. 본래 다른 성이었던 여성이나 데릴사위도 죽으면 같은 가문의 일원으로 합장하게 된다.

감싸듯 부비고 있었다.

"이 목걸이 보면 맞는 것 같은데요. 제가 강아지를 좋아하거든요. 그래서 기억하고 있어요. 한 달 전쯤이었나? 딱 이 시간대에 이 아이 할아버지랑 같이 오지 않았어요?"

하야시 할아버지!

가즈에는 충격을 받았다. 감기에 걸렸던 그날 하야시 할아버지가 모코를 데리고 이 절에 왔던 것이다. 그런데 왜 그랬던 거지?

"그 할아버지 여기에 무슨 일로 오셨나요?"

"이 강아지랑 같이 성묘하러 오셨어요. 할아버지가 비석에 대고 뭐라고 말씀을 건네는 것 같았는데 이 아이가 곁에 얌전히 착 앉아가지고는 비석을 지긋이 바라보고 있더라고요……. 저 그때 참 똘똘하고 기특한 아이구나 하고 감탄했거든요. 아마 이 부근에 있는 묘일 거예요."

가즈에가 답례하고 여성이 가리킨 곳을 향해 나아갔다. 일정한 간격으로 늘어서 있는 묘비를 하나하나 눈으로 쫓으며 나아갔다.

한가운데쯤 왔을 때 가즈에는 우뚝 발을 멈추었다.

아담하지만 꼼꼼히 관리받아 잘 정비된 묘비에는 '하야시 가문(林家)'라는 문자가 새겨져 있었다. 그리고 그 앞에 도자기로 만든 시바견 인형이 제사 음식을 바치듯 놓여 있었다. 비를 맞지 않게끔 손으로 직접 만들었나 싶은 플라스틱 케이스 안에 담겨 있었다.

실례를 범하는 일인 줄은 알면서도 가즈에는 쭈뼛쭈뼛 묘비 측면으로 빙 돌아서 다가갔다. 그곳에 새겨진 여성의 이름 중 하나는 아직 새긴 지 얼마 안 된 티가 났다. 문득 그 여성의 기일을 본 가즈에는 숨이 턱 막히고 말았다.

코트 주머니에 들어 있는 휴대전화를 꺼내 들고 화면에 이번 달 달력을 켰다.

틀림없다.

"내일이 여기 이 여자분 기일이구나……."

가즈에는 자기도 모르게 중얼거렸다.

향을 사른 연기가 맑고 푸른 겨울하늘을 향해 피어오르다 흩어져간다.

묘지 앞에 손 모아 합장한 가즈에는 조용히 고개를 들고 뒤에 있던 하야시에게 몸을 돌렸다. 하여튼 오늘도 인상 팍 쓰고 계시기는……. 저도 모르게 웃음이 터져 나오려 한다.

"부인께서 개를 참 좋아하셨나봐요."

"……."

하야시는 가즈에의 질문에 대답하는 대신 주머니에서 사진을 한 장 꺼내 보여주었다.

사진 속에는 사람 좋아 보이는 상냥한 미소를 띤 나이 든 여성과 그 곁에 딱 붙어 있는 시바견이 찍혀 있었다.

"어머나! 이 아이, 모코랑 똑 닮았네요!"

가즈에는 놀라 그 사진을 손에 들었다.

모코만큼 잘생긴 아이는 없다고 평소부터 팔불출 노릇을 부끄럼 없이 발휘하던 가즈에였으나 사진 속 시바견은 아무리 봐도 모코랑 똑같이 생겼다.

"그 아이 이름은 '하나(花)'라고 해……. 안사람이 시바견을 키우고 싶다고 고집을 피워서 말이지. 어딜 가든 꼭 붙어 다니고 그랬지, 참 귀여워했어. 입원하고 난 뒤로 쭉 '하나가 보고 싶다. 하나가 보고 싶다.' 하고 몇 번이고 몇 번이고 그러더군. 하나도 안사람이 이제나 오나 저제나 오나 현관에서 기다리고 있었고."

"똑똑한 아이였네요."

하야시는 자랑스레 고개를 끄덕였다.

"정말 똘똘한 놈이었어. 안사람 파자마나 먹고 싶어 하는 거 넣고 다니는 가방이 있는데 내가 병문안 갈 준비를 하면 하나가 그 가방을 물고 놔주지를 않았지. 마치 안사람 있는 데로 자기도 데려가라고 고집 피우는 것 같았어."

가즈에의 뇌리에는 모코와 똑같이 생긴 하나의 모습이 떠올랐다. 가방을 입에 물고 어떻게든 자기도 병원으로 따라가려고 하는 기특한 마음씨에 가즈에의 가슴이 옥죄어왔다.

"나도 만나게 해주고는 싶었다고. 하지만 아무리 그래도 병원에 개를 데리고 갈 수는 없잖아. 안 그래? 잘 달래서 가방을 돌려받으려고 하면 하나가 마지못해 돌려주고 날 배웅하고는 했지. 병원에서 돌아오면 하나 침대에 안사람 슬리퍼가 놓여 있을 때도 있었어. 외로움을 달래려고 하나가 물어 왔던 거겠지. 안사람한테 하나가 그러더라 하고 말해주니까 기분이 좋은지 '빨리 퇴원해서 하나를 꼭 안아주고 싶다'라며 웃었어. 그런데 결국……."

하야시는 모코를 바라보았다.

"마지막까지 안사람이랑 하나를 만나게 해주지 못했어."

그가 중얼거리듯 말했다.

"좀 무리를 해서라도 안사람을 데리고 나와서 하나를 만나게 해주었어야 했나 싶어. 하지만 그랬다간 안사람이 만족해서 자기도 모르게 이제 더 여한 없다고, 먼저 가버리면 어쩌지 하는 생각이 들었거든. 기운 찾아서 하나랑 산책도 가고 하는 게 안사람에게는 살아갈 기력 같은 것이었으니까…… 미안하게 됐군."

가즈에는 그 말이 자기에게 향한 말이라기보다는 하야시가 부인을 향해 보내는 사과의 말이라고 느꼈다.

"……묘비 앞에 바친 이 강아지 인형은 어르신께서?"

"못해도 안사람 곁으로 데려갔으면 하는 마음에서. 같이 있으면 외롭지 않겠지. 안사람을 떠나보내고 반년 지나서 하나도 죽었어. 아홉 살이었으니까 아직은 더 살 거라고 생각했는데 말이지. 안사람이 걱정되어서 쫓아간 모양이야. 그래서 뭐굳이 넓은 마당도 필요 없어졌고 노후 자금에 보탤까 싶어서집을 팔고 지금 사는 데로 이사 온 거지."

"어르신이 모코 산책 시켜주신 그날 모코랑 여기 오셨던 거군요. 오늘이 부인 되시는 분 기일…… 맞지요? 모코가 어제이리로 데리고 와주었어요. 저를, 여기에. 그리고 오늘 일을 알려주었답니다."

"설마 한 번 와본 게 전부인데 길을 외우고 있을 거라고는생각 못 했어."

하야시는 자글자글 주름진 손으로 모코의 머리를 쓰다듬었다.

"그쪽한테는 쓸데없이 괴롭게 민폐를 끼치는 짓이 되어버렸지만."

모코가 신난다는 듯 코를 울렸다.

"안사람한테 딱 한 번만 더 하나가 건강하게 잘 있다는 모습을 보여주고 싶었어. 제대로 작별 인사를 시켜주고 싶다는 마음이 그날부터 지금까지 쭉 마음 한구석에 짐처럼 남아 있었

84

거든. 나도 잘못한 거 알고 상당히 무례했다는 건 알지만 그 정도로 하나랑 닮아서 나도 모르게 그만……."

하야시는 눈을 지그시 반쯤 감았다.

—아! 할아버지 지금 웃으셨어!

가즈에는 놀라 하야시의 얼굴을 물끄러미 바라보았다.

매서운 겨울도 조금은 부드럽게 풀리기 시작한 어느 날 저녁.

'띵동' 하고 초인종이 울리자 가즈에보다 먼저 모코가 반응해 리드미컬한 발걸음으로 현관을 향해 달려갔다.

"멍!"

"모코야 이놈! 짖으면 안 돼!"

모코를 진정시키려 허둥지둥 뒤를 쫓느라 누가 찾아왔나 인터폰으로 확인할 틈도 없이 가즈에는 현관문을 열었다.

"누구세…… 어머!"

눈앞에는 하야시가 서 있었다.

역시나 오늘도 부루퉁한 얼굴이었으나 가즈에는 더 이상 신경 쓰이지 않았다.

"안녕하세요. 모코 보러 오셨어요?"

"아니……."

"?"

"요전번에는 뭐라고 해야 하나 이런저런 신세를 좀 졌다고 해야 하나……."

가즈에가 무슨 일인가 싶어 당혹해하는 기미를 보이자 하야시는 손에 들고 있던 종이봉투를 내밀었다.

"마침 동네에 차가 와서 팔고 있기에. 이런 거 안 좋아하나?"

그가 내민 갈색 종이봉투.

가즈에는 종이봉투를 받아들고 안을 열어 보았다.

그 순간 현관 가득 풍부하고 달콤한 향기가 퍼졌다.

봉투 안에 든 것은 아직 따스한 온기가 남은 군고구마였다.

가즈에의 뇌리에는 그날의 아버지 모습이 떠올랐다.

"군고구마면 사람도 개도 다 먹을 수 있으니까 사 왔는데."

입을 한일자로 굳게 다문 가즈에가 고개를 숙였다.

가슴에서 뜨거운 무언가가 치솟아 올라 숨이 막혀 말이 나오지 않는다.

"왜 그려? 별로 안 좋아하나?"

"……아니요. 고맙……습니다."

종이봉투를 품에 꼬옥 안고 결의에 찬 표정으로 고개를 든다.

이번에야말로 마음을 똑바로 전하자.

"정말 좋아해요. 군고구마."

그녀는 하야시의 얼굴을 보려고 했으나 눈앞이 눈물로 번져 어른거렸다.

문득 그 순간 물기로 번진 어른거림 위로 아버지의 어색한 미소가 보인 것 같은 기분이 들었다.

　"멍! 멍멍!"
　어쩔 줄 몰라 하는 하야시와 흐느껴 우는 가즈에 사이에 모코만이 신나서 깡충깡충 맴을 돌았다.

Story 5

엄마, 밖으로 나가요
— 휠체어로 불어온 바람을 느끼며

히사코 × 카린(미니어처 닥스훈트)

오전 6시 25분.

평소 알람시계가 잠을 깨우려 울리는 시간보다 5분 빠른 때에 모리타 히사코(森田ひさ子)는 눈을 떴다.

참새가 베란다에서 쩍쩍 놀고 있는 소리가 들려온다.

아침 햇살로 밝아진 침실 천장을 바라보면서 오늘도 날씨 좋은 하루가 될 것 같다고 멍하니 생각한다.

뭐, 날씨랑 나랑은 아무 상관 없지만.

곧 현실을 깨닫고 혼자 쓴웃음을 지으며, 침대 옆에 놓인 시계의 알람 스위치를 껐다. 저 소란스러운 전자음은 들으면 들을수록 마음에 들지 않는다. 소리에 놀라 심장이 쿵쾅쿵쾅 하고 마구 뛰는 채로 잠에서 깬 적도 있다. 하루를 그런 식으로 시작해버리고 나면 울적하고 슬픈 기분이 든다. 그래서 오늘은 알람이 울리기 직전에 눈을 뜬 자신을 칭찬해주고 싶은 기분이다.

부엌 쪽으로 귀를 기울여본다. 인기척이 없다. 아무래도 남편은 아직 일어나지 않은 모양이다. 그렇지만 분명히 앞으로 10분 정도 지나면 이층에서 느긋한 발걸음으로 아래로 내려올 것이 분명하다.

"웃샤."

기합에 맞추어 침대에서 상반신을 떼어 일으켜 세운다.

파자마를 벗고 자기 전에 준비해둔 옷으로 갈아입은 뒤 후우 하고 크게 숨을 내쉬며 한숨 돌린다. 호흡이 원래대로 돌아오자 침대 옆에 놓아둔 휠체어를 끌어당겨 양팔을 이용해 몸의 방향을 바꾼다. 엉덩이부터 미끄럼을 타듯 휠체어에 앉아 발판 위에 양발을 올려놓는다.

휠체어 바퀴 바깥쪽에 달린 '핸드림(hand rim)'이라 불리는 부분을 쥐고 돌리자 휠체어가 천천히 움직이기 시작한다. 히사코는 그 길로 부엌을 향했다.

아침 식사는 커피에 빵. 이는 히사코와 남편의 공통된 취향이었다. 여기에 과일이나 치즈, 요구르트 등을 곁들일 때도 있다. 모든 게 어느 정도 준비가 끝났을 참에 딱 맞춰서 남편이 이층에서 내려왔다.

"잘 잤어?"

"잘 잤어. 오늘 타는 쓰레기 버리는 날이니까 집 나설 때 들고 가."

"응, 알았어."

하고, 대답하면서도 남편은 텔레비전을 켠다. 방송 리포터의 밝은 목소리가 방 안에 울려 퍼지자 한꺼번에 모든 것의 시간이 움직이기 시작한 기분이 들었다.

히사코가 휠체어를 사용하게 된 때는 남편과 결혼한 지 5년이 지난 30대 중반 즈음이었다. 그 뒤로 벌써 15년 이상 휠체어에게 신세를 지고 있다는 말이 된다. 처음에는 뭐든 하려고만하면 시간을 많이 잡아먹어 고생이 끊이지 않았었다. 마음먹은 대로 일이 안 돌아가 분한 마음에 눈물이 쏟아진 일도 셀 수 없이 많았다. 그러나 이제는 몸의 한 부분처럼 다룰 수 있게 되었다. 병으로 인해 하반신 마비가 생기기는 했지만 최소한의 집안일은 직접 할 수 있게 노력을 거듭해서 맺은 결실이었다.

아침 식사를 마치고 느긋하게 커피 두 번째 잔을 마시고 있는데 양손에 쓰레기봉투와 출근용 가방을 든 남편이 부스럭부스럭 시끄러운 소리를 내며 부엌에 얼굴을 비쳤다.

"다녀올게."

"다녀와. 쓰레기 잘 버려주고."

하고, 배웅하며 무의식적으로 벽시계를 본다.

평소 남편이 집을 나서는 시간보다 15분이나 빠르다. 그 이유를 히사코는 잘 알고 있었다.

외향적이고 사교적인 성격으로 사람과 이야기하는 걸 매우 좋아하는 남편은 쓰레기 버리는 날이면 언제나 일찍 집을 나선다. 쓰레기를 버리러 나온 근처 주민들이나 집 앞을 청소하는 사람들과 담소를 나누기 위해서다.

히사코는 거실 커튼 틈으로 밖을 내다보며 상황을 살펴보았다. 아니나 다를까 길거리로 나와 있는 쓰레기 수집장 앞에서 남편이 이웃 몇 명이랑 즐겁게 이야기를 나누고 있었다. 때때로 새된 웃음소리가 터져 나와 방 안에까지 전달될 정도였다.

히사코도 사실은 남편 못지않게 수다 떨기를 좋아하는 사람이었다. 예전에는 솔선해서 사람들에게 먼저 말을 걸고 먼저 동네 사람을 모으고 먼저 제안해서 점심을 먹으러 카페를 다니기도 하고 다과회를 열기도 했다. 하지만 휠체어를 사용하게 된 뒤로는 그런 일도 없어져버렸고 혼자서 집 안에서 보내는 시간이 길어졌다.

이대로는 안 된다고 생각해서 남편이 길가에서 나누는 담소에 참여하던 시기도 있었다. 휴일에 정원 관리를 하고 있던 남편이 동네 사람과 이야기하고 있을 때 자기도 대화에 끼어들어본 것이다. 그러나 처음에는 이야기가 즐겁게 나아가다가도 서서히 대화의 톱니바퀴가 제대로 맞물리지 않게 되어버린다.

근처에 새로 생긴 가게 점심 메뉴를 두고 나누는 평판, 공원에 공사가 시작되고 나서 공원 산책이 일과인 사람들의 불만이 커지고 있다는 이야기. 주민회관에서 열리고 있는 중장년 대상 건강체조 교실 이야기……. 이러한 화제가 불거질 때마다 히사코를 뺀 모든 사람이 부담스러워 곤란한 표정을 짓는 것이다. 그리고 억지로 갖다 붙인 화제로 다급히 바꾼다. 이 사실을 뼈저리게 느낀 뒤로는 히사코도 어떤 반응을 보여야 할지 곤란해졌다.

"그 가게 점심 메뉴 이번에 같이 가서 한번 먹어보는 건 어때요?"

히사코가 이렇게 이야기하면 되는 간단한 문제일지도 모른다. 그러나 히사코가 밖으로 나가는 일은 같이 가는 사람들에게 휠체어를 다루는 일을 도우라고 부탁하는 것이나 다름없는 일이다. 상대방의 수고를 생각하면 자기가 먼저 가자고 쉽게 이야기를 꺼낼 용기가 없었다.

결국은 남편이 쉬는 날이나 다른 사람이 먼저 같이 가자고 권하지 않는 한 히사코는 밖으로 나갈 일이 없어지고 말았다.

어느 날 오후.

"안녕하세요! 언니 집에 있어?"

차로 한 시간 정도 걸리는 곳에 사는 친동생이 몇 주 만에 히사코 집으로 찾아왔다. 여동생도 결혼해 살림을 하는 몸이지만 때때로 이렇게 잘 지내나 보러 와 장보기를 도와주고는 했다.

"자 이거. 전에 부탁했던 커피."

"어머! 고마워! 있었구나. 얼마야?"

잡지에 소개됐던 하와이 브랜드 드립커피 원두가루였다. 히사코가 다니는 근처 마트에서는 팔지 않아서 혹시 다른 데서 구할 수는 없을까 알아봐달라고 동생에게 부탁해둔 것이었다. 만만치 않은 가격이기는 했어도 카페에 가기 힘든 몸인 히사코에게 있어서는 일상의 작은 사치이자 즐거움이었다.

"역 건물 안에 새로 생긴 수입식품 가게에서 팔고 있었어. 이거 말고도 커피 원두가루가 종류마다 있는 것 같아서 깜짝 놀랐어."

"어머, 그래? 그거 기대되는데. 한번 마셔볼까?"

히사코가 기쁜 마음으로 장바구니 봉투를 열었다. 그런데 그 순간 손이 멈추고 말았다.

내가 말했던 그 브랜드가 아닌데…….

패키지에는 분명히 하와이 일러스트레이션과 로고가 들어 있고 하와이산 원두가루인 것도 틀림없다. 그러나 디자인이 닮아 있기는 해도 다른 메이커에서 나온 상품이었다.

뭔가 예상과 다른 히사코의 반응을 동생이 눈치챘다.

"왜? 혹시 내가 딴 거 사 왔어?! 그거 아니야?"

"아, 아냐 괜찮아! 이 커피도 맛있어 보이는데 뭐! 똑같은 하와이산이고."

"뭐야 그럼 언니가 갖고 싶었던 거랑 다르단 말이잖아."

"……."

"영수증도 있으니까 바꿔가지고 올게. 하지만 종류가 너무 많아서 나도 뭐가 뭔지 잘 모른단 말이야. 또 틀리기도 싫고. 오늘은 아직 시간 있으니까 차로 태워줄게. 같이 갔다 오자. 직접 보면 알 거 아냐."

"……아냐 됐어. 굳이 이런 커피 때문에 괜히."

히사코가 말한 그 말에 동생의 표정이 어두워진다.

"그 '이런 커피 때문에' 나는 '굳이' 사러 갔다 왔는데."

"아, 미안! 그런 뜻으로 한 말이 아니라……."

다급히 한 말을 되돌리려고 했지만 히사코는 말을 더 잇지 못했다. 악의가 없었기는 하지만 자기가 휠체어를 타고 물건을 사러 가는 노력과 여동생이 대신 사다 준 노력을 비교한 것은 사실이기 때문이었다.

고개를 푹 숙이고 장바구니 봉투를 내려다보고 있는 히사코를 향해 동생이 마주보고 앉았다.

"저기 언니. 외출이 힘든 건 알고 있지만 있지, 좀 더 적극적으로 밖으로 나가는 게 좋지 않을까 싶어. 집에 너무 오래 있으면 정신적으로도 좋지 않고."

누가 몰라서 안 나가니, 말 안 해도 나도 알거든.

하고, 마음속으로 대답했다.

하지만 있지, 그냥 걸어 다니면 신경도 안 쓸 것 같은 길거리 턱이나 높낮이 차이가 휠체어일 때는 얼마나 무서운지 알긴 하니? 가고 싶은 방향에 계단이 있을 때 얼마나 망연자실해지는지, 어디를 가든 주변 사람들이 '아, 휠체어다' 하고 쳐다보는 시선이 얼마나 부담스러운 압박인지 아니? 그런 사정을 알지도 못하면서 그렇게 쉽게 이야기하지 마.

"......."

"사실은 있지, 오늘은 그 이야기를 하려고 온 거나 다름없긴 해. 하지만 내가 이렇게 이야기한다고 언니가 그렇게 쉽게 밖으로 나갈 마음이 들거나 하지는 않을 거 아냐? 내 말 맞지?"

히사코는 자기 마음을 다 읽힌 기분이 들었다.

"개를 키워보는 건 어때?"

"뭐?!"

"내 친구가 개를 입양할 사람을 찾는 봉사활동을 하고 있는데 미니어처 닥스훈트 강아지를 입양할 사람을 마침 찾고 있거든. 소형견이니까 힘도 별로 안 세고 휠체어라도 산책시킬 수 있을 거라고 생각해서. 자연스럽게 외출할 기회도 늘 거라 생각해."

"갑자기 그런 말 꺼내면……."

"나도 알아. 물건도 아니고 살아 있는 강아지인데 그리 쉽게 정할 일도 아니고 키우다가 아니다 싶어도 무리라고 무르기도 어려운 일이니까. 후회하지 않게 충분히 이야기해보고 생각해본 다음 결정해도 늦지 않다고 생각해. 그렇지만 여러 가지 의미로 언니에게는 꼭 필요한 존재가 될 거라고도 생각하고."

……라는 말을 남기고, 여동생은 돌아갔다.

그날 밤 히사코는 남편에게 강아지를 입양하는 이야기를 꺼냈고 개를 좋아하는 남편은 놀랄 만큼 긍정적이었다. 반대할지도 모른다고 긴장하고 있던 히사코는 오히려 김이 빠질 정도였다.

"강아지 입양이라니 정말 좋네. 미니어처 닥스훈트면 아무리 커져도 당신 무릎에 앉혀도 될 만큼만 자랄 거고."

"정말 괜찮아?! 물론 뒷바라지야 신경 써서 할 생각이지만 산책이라도 시킬라 치면 결국 나 혼자서는 무리잖아. 결국 다른 사람 도움을 받아야 할 텐데……."

"당연히 내가 도와주고말고. 이것도 다 인연이야. 쇠뿔도 단김에 빼라고 바로 다음 주말에 그 아이 침대나 사료도 당장 사러 가야겠어! 장난감도 필요할 거고."

어째서 그런지는 몰라도 자기가 더 신이 나 있다. 이렇게 남편이 밀어붙이는 대로 등을 떠밀린 히사코는 강아지를 맞이하기로 결심했다.

　한 달 뒤.

　히사코의 집으로 기다리고 기다리던 강아지가 왔다.

　커다랗고 까만 눈동자에 토실토실한 코. 몸의 털이 아직 짧아, 귀에만 윤기 흐르는 멋진 고동색 털이 자라 있는 게 귀여웠다.

　"이름은 어떻게 정했어?"

　전달 받을 때 곁에 있어준 여동생이 미소 지으며 물었다. 히사코는 부끄러워하면서도 대답했다. 한 달 전부터 여러 가지로 고민한 끝에 정한 이름이다.

　"카린(カリン)."

　"카린이라. 여자아이다운 귀여운 이름이네."

　"후훗. ……카린아 이리 오렴."

　카린은 마치 여기가 자기 집이라고 처음부터 알고 있기라도 한 양 꼬리를 붕붕 흔들며 히사코에게 다가갔다.

　카린.

　어쩌면 내 인생에서 가장 많이 입에 올린 단어일지도 모른다.

　히사코는 늦봄 새로 돋아난 푸른 잎으로 물들며 펼쳐진 웅대한 산등성이 풍경을 눈앞에 두고 생각했다.

이제는 연례행사가 된 남편과 카린이 함께하는 휴일 드라이브. 오늘은 테라스에 앉아 맛있는 커피를 즐길 수 있는 카페에서 점심 식사를 하고 산골 마을의 봄 풍경 속을 산책할 예정이다.

그로부터 벌써 17년.

카린이 처음 우리 집에 온 날 어떤 일이 있었는지를 이렇게 정확히 회상하고 있다는 사실에 왠지 신기한 기분이 든다.

카린은 추억에 잠긴 히사코가 무슨 생각을 하는지 신경도 쓰지 않고 자기도 맛난 것 좀 먹고 싶다고 열심히 졸랐다. 히사코의 무릎 위에서 코끝을 테이블 위에 턱 얹고 킁킁하고 움직인다.

"카린이 코도 꽤나 하얗게 변했네. 예전엔 갈색이었는데."

히사코가 중얼거린 말에 남편이 고개를 끄덕인다.

"벌써 열일곱 살이니까 말이지. 냄새를 제대로 못 맡게 되고 귀도 잘 안 들리는 거지. 산책하다가 카린아 하고 불러도 안 들리는 모양이야. 예전에는 멀리서도 금방 알아듣고 달려왔는데 말이지. 눈도 이제는 잘 안 보이는 모양이고. 가슴줄을 붙잡고 있는데도 조금만 멀어지면 금방 불안해하고 나나 당신 찾아서 두리번두리번 난리야."

"그래도 아직 이렇게 밖에 나오고 싶어 하는 건 참 다행이지."

"그러게. 자, 슬슬 일어날까?"

계산을 마치고 주차장으로 돌아온다. 카린은 히사코의 휠체어와 나란히 같은 페이스로 걷고 있다. 카린 입장에서는 상당히 열심히 페이스를 맞추는 것처럼 보였다.

카린은 어렸을 때 히사코가 가슴줄을 잡으면 자기가 휠체어를 끌고 있다고 생각하는 것인지 있는 힘껏 앞으로 기운차게 나아갔다. 자랑스러운 표정으로 마치 카린이 "엄마, 카린이 끌어줄게요!" 하고 말하는 것 같아 히사코는 기분이 좋았다.

히사코에게 밖으로 나가는 게 얼마나 즐거운 일인지 알려준 것은 카린이었다.

풀과 나무와 메뚜기, 공원에서 쉬는 새들―각양각색 여러 가지에 흥미를 보이고 신이 나 풀밭을 뛰노는 카린의 모습은 보기만 해도 행복한 기분이 들었다. 덤불이나 물웅덩이에 몸을 던져 뒹구는 것만은 "카린아, 안 돼!" 하고 비명을 지르게 만들기는 했지만 그 의기양양한 미소를 보면 진짜로 화를 내기란 어려운 일이다.

어느새 히사코 자신도 비가 갠 뒤 맑은 공기가 주는 상쾌함이나 땅 위에서 피어오르는 들꽃향 그리고 자신의 뺨에 닿는 바람의 변화를 깨닫기 시작했다. 사계절의 변화를 몸으로 느끼는 게 얼마나 즐거운 일인지 카린에게 배운 것이다.

"멍멍이다! 멍멍!"

주차장에 세워둔 차로 돌아오는 도중 어린 남자아이가 카린을 발견하고 달려왔다. 젊은 어머니가 당황하여 뒤쫓아 왔다.

"이 아이 이름 카린이라고 해. 멍멍이 좋아하니? 쓰다듬어 볼래?"

히사코가 남자아이에게 물었다. 남자아이가 미소 지으며 끄덕끄덕 흔들었다. 카린을 안아 자기 무릎 위에 올린다.

"상냥하게, 착하다, 착하다 해주렴."

남자아이는 조심조심 카린의 머리를 쓰다듬는다. 사실 카린은 예전에 아이들을 부담스러워했다. 갑자기 큰 소리로 와아! 하고 달려오는 게 무서운 모양인지 그럴 때마다 히사코에게 구해달라고 조르곤 했다. 그러나 이제는 열일곱살 먹은 할머니. 완전히 달관해버려서 마음대로, 하고 싶은 대로 하세요 하고 내맡겨버린다. 전혀 움직이려 하지 않았다.

"갑자기 실례해서 죄송합니다. 유(ユウ)는 좋겠네? 이쁘다 이쁘다 해줘도 된다고 하셨구나?"

아이 어머니가 머리를 꾸벅 숙이며 인사했다.

"얌전하고 순하니 착한 아이네요."

"고마워요. 벌써 열일곱 먹은 할머니랍니다."

"정말요?! 전혀 그렇게 안 보이네요. 얼굴이 상냥하게 생겼네 하고는 생각했지만……. 저희 본가도 개를 키우고 있어요. 수컷 시추."

"어머! 시추도 귀엽던데요. 그렇죠?"

"친정 엄마가 아주 녹아내리고 있답니다. 사는 낙이 손자랑 그 아이밖에 없는가봐요."

"아하하! 부끄럽지만 우리 집도 꽤나 팔불출이에요. 어디나
마찬가지네요."

남편이 차 엔진을 거는 소리가 들린다.

"아, 죄송해요. 남편이 기다리고 있어서 가봐야 할 것 같아요."

"저희야말로 실례가 많았습니다. 감사합니다. ……밀어드릴
까요?"

"괜찮아요. 이거 있죠, 전동이거든요. 신경 써주셔서 고맙습
니다."

히사코가 무릎 위에 카린을 태운 채로 유와 유의 어머니와
헤어져 차로 돌아왔다. 되돌아보니 어머니가 아직 이쪽을 보
고 있다. 제대로 도착해서 차에 타는지 지켜봐주고 있던 것이
리라. 고개를 숙여 인사하자 어머니도 고개를 끄덕여 답한 뒤
유의 손을 잡고 걸어갔다.

그래. 이것도 다 카린이 내게 준 선물이야.

하고, 히사코는 새삼스레 되새겼다.

카린과 산책을 하고 있으면 모르는 사람이 말을 걸어오는
일이 많다.

"귀여운 강아지네요."

"우리 집도 미니어처 닥스훈트를 키워요. 이 아이는 몇 살이
에요?"

"우와 귀여워! 쓰다듬어도 괜찮아요?"

"여기서 자주 산책시키죠? 볼 때마다 저 강아지 되게 귀엽다, 하는 생각이 들거든요."

모두가 미소 지으며 히사코에게 말을 걸어준다. 그 사람들에게는 '휠체어 탄 불쌍한 사람' 같은 당혹스러움이나 부담스러움이 전혀 없다. 카린이라는 존재를 통해 아주 자연스럽게 대화가 시작되고 아주 자연스럽게 인사하여 헤어진다. 하지만 히사코는 아주 잘 알고 있다.

변한 것은 주변이 아니라 자기 자신이라는 사실을.

그 증거로 외출할 때 그토록 부담스럽게 느꼈던 '휠체어다'라고 말하는 듯한 시선이 전혀 신경 쓰이지 않게 되었다. 오히려 카린이를 자랑스레 내보이며 "우리 귀여운 딸내미 보세요!" 하고 말을 걸고 싶다고 생각할 정도가 되었다.

늦봄의 푸른 산길을 달리는데 카린이 차창을 코로 두들긴다. 창문을 조금 열어주니 얼굴을 내밀고 기분 좋은 표정으로 눈을 가늘게 뜨고 있다. 카린의 커다란 귀가 바람에 휘날려 히사코의 코를 간지럽혔다. 털끝이 곱슬한 카린의 배에 얼굴을 파묻은 히사코는 양지바른 곳의 햇살 냄새를 맡으며 행복으로 마음이 가득 차올랐다.

푸른 늦봄 드라이브가 있은 지 1년 뒤.

히사코는 방 안에 홀로 컴퓨터 앞에 앉아 있다.

화면에는 사진이 잔뜩이다. 카린과 외출하게 된 뒤로 디지털 카메라를 사서 사진 찍는 일이 즐거운 일과가 되어왔다. 어느덧 엄청나게 불어나버려 조금씩 정리하기 시작했다. 마우스로 클릭해 한 장 한 장 사진을 확인해간다.

공원 벤치에 늘어져 있는 카린.

유채꽃밭에서 뒹구는 카린.

노란색으로 물든 은행나무와 카린.

도시락 뚜껑을 열심히 핥는 카린.

눈이 쌓인 정원을 바라보는 카린.

가장 좋아하던 베란다에서 느긋하게 햇살을 만끽하고 있는 카린.

히사코의 침대에서 배를 보이며 자고 있는 카린.

조금 아래로 처진 눈을 한 카린의 얼굴은 어딘가 모르게 언제나 웃고 있는 인상을 준다. 사진 속 카린에게 이끌려 히사코의 입가도 조금 느슨히 풀렸다. 조금 시간이 지나자 마우스를 클릭하던 손가락이 멈춘다. 지금으로부터 1년쯤 전인 늦봄에 드라이브를 갔을 때 찍은 사진이다.

그 뒤로 여름 더위가 심해지면서 카린의 식욕도 점점 떨어지기 시작했다. 잠들어 있는 시간도 길어지자 동물병원 수의사 선생님께 진찰을 받아보니 신장과 심장이 약해져 있다는 사실이 밝혀졌다. 17년하고도 반년을 더 산 나이를 생각해봐도 몸이 쇠약해지는 것은 피할 수 없는 일입니다, 하는 설명과 함께…… 수분 보충을 위해 피하주사로 수액을 놓는 법을 수의사 선생님에게 배우고 난 뒤로는 집에서도 수액을 맞혀주기는 했지만, 어디까지나 진행을 늦추는 정도의 연명치료일 뿐 완치는 기대하기 어렵다고 했다.

그래도 카린은 마지막 순간까지 제 발로 제대로 땅을 딛고 걸었다.

그리고 어느 여름날 아침을 맞았다.

남편과 히사코가 아침 식사를 하는 동안 카린은 바로 옆의 자기 전용 침대에서 느긋하니 누워 있었다. 이 침대는 카린이 여름 더위를 먹지 않도록 얼려놓은 보냉제를 수건으로 감아 만든 특제 침대였다. 히사코도 남편도 카린의 상태를 지켜보고 있었다.

평소랑 다를 바 없는 아침 풍경. 하지만 카린은 한숨 같은 호흡을 크게 한 번 내쉬더니 천천히 눈을 감았다.

"……카린아? 괜찮아?"

평소와 다른 기색을 느낀 두 사람이 곧바로 카린 곁으로 다가가 몇 번이고 "카린! 카린아!" 하고 불러봤지만 카린은 그대로 조용히 긴 잠에 들었다.

너무나도 싱겁게 그리고 너무나도 평온하게 찾아온 여행이
었다.

반년이 지났다.

카린이 곁에 있어 그토록 생생하게 실감이 느껴지던 세계.
그러나 지금 히사코가 바라보는 풍경은 모두 빛이 바래 있다.

반년 동안 카메라를 들고 산책을 나서는 일은 완전히 없어
졌다.

자신의 인생에서 카린의 존재가 이 정도로 컸을 줄이야. 새
삼스럽게 이 사실을 곱씹게 된다. 이런 말을 남들이 들으면 웃
을지 모르지만 그래도 상관없어. 누가 뭐래도 카린은 내 소중
한 '딸'이었던 거야.

미안해, 카린아.

내가 아직 네 함박미소에 '고마워'라고 말하지 못해서.

이제 그만 움직여야 하는 사실은 알고 있지만 조금만 더 기
다려줄래?

언젠가 꼭 너를 향해 '고마워'라고 제대로 이야기할 테니.

조금만 더 시간을 주렴.

조금씩 조금씩 마음을 튼튼하게 키워나갈게.

컴퓨터 화면 가득 웃음꽃을 피운 카린에게 마음속으로 그렇

게 말을 건다.

　고개를 들고 멍하니 베란다를 바라본다.

　카린은 언제나 이 베란다에서 보는 풍경을 바라보길 좋아했다. 마루에 몸을 비비다 나한테 걸려서 항상 혼나고는 했지.

　휠체어로 베란다 앞에 와 천천히 창을 열었다.

　철책까지 뻗어온 장미에 꽃봉오리가 한가득 피어 있다. 곧 있으면 형형색색 아름다운 꽃을 피우겠지?

　그 순간 부드러운 바람이 베란다 안으로 들어와 히사코의 빰을 쓰다듬었다.

　먼지를 비추는 햇살의 포근한 향기가 난다.

　푹신푹신한 털을 가진 카린이 냄새다.

엄마, 봐요. 벌써 밖은 봄이 한창이잖아요.

집에만 있지 말고 같이 산책 나가요!

카린이 그렇게 부르는 것 같은 기분이 들었다.

Story 6

내가 지켜줄게요
— 눈보라 속에서 일어난 기적

시마 × 하루(믹스)

"으으 추워!"

시마(シマ) 누나가 우리 엉덩이를 통통 두들기며 방 안으로 밀어넣고 문을 급히 닫았어.

"비가 내리기 시작했어요. 오늘 밤에는 눈으로 변할지도 모르겠네요."

시마 누나가 말을 거는 사람은 사이좋은 유미(ユミ) 누나야. 유미 누나는 언제나 '꼼빼따'라는 네모난 녀석이랑 눈싸움을 벌이지. 가끔씩 꼼빼따를 향해 웃거나 중얼거리기는 해도 꼼빼따 녀석이 유미 누나한테 대답을 하는 일은 없어. 유미 누나는 신경 쓰지 않는 것 같지만 저 녀석은 왜 대답을 하지 않는 거지? 나처럼 "멍!" 하고 말하면 될걸.

"유미 씨, 오늘은 일찍 퇴근하는 게 좋을 것 같아요. 날씨가 안좋아지고 난 뒤에는 차로 돌아가려고 해도 너무 늦어요. 위험하고. 저는 이 아이들이 좀 걱정돼서 오늘 밤은 여기서 잘게요."

"그렇지만 시마 씨 혼자서 괜찮겠어요? 아무래도 여자 혼자이런 데 있기는……."

"쓸데없이, '아무래도'는 됐거든요! 괜찮아요. 듬직한 파수견도 여기에는 이렇게 많이 있으니까요. 그렇지, 하루(ハル)*야?"

시마 누나가 나를 보며 활짝 웃었어. 나는 힘차게 대답했지.

"멍!"

유미 누나는 놀란 표정을 나를 보았지만 금방 웃는 얼굴로변했어.

내 이름은 하루.

시마 누나가 2년 전 여기에 오면서 지어준 이름이야.

그 전까지 내게 이름 같은 건 없었어. 이름을 불러줄 사람도없었으니 딱히 곤란할 일도 없었지만 말이지.

나는 2년 동안 여러 가지를 배웠어. 처음 왔을 때는 시마 누나나 다른 사람이 무서워서 반항만 했지. 밥도 안 먹고 방구석에 숨어서 가만히 있었어. 시마 누나랑 다른 사람들은 그런 나

---

* ＿＿＿＿＿ 일본어로 봄(春)을 의미한다.

를 온 힘을 다해 돌봐주었고 난 여기가 무서운 곳이 아니라는 걸 겨우 알게 되었지. 여기 이름은 '도그 셸타아'*라고 하는데 나같이 갈 곳 없는 친구들이 모인 곳이야. 그리고 '주인'이라는 사람들이 이곳에 나타났다가 다시 나가면서 친구 중 한 명을 데리고 가지. 나도 이제는 '기다려'나 '앉아' 정도는 할 수 있게 되었고 산책할 때는 줄을 막 끌어당기면 안 되는 것도 알게 되었어. 그리고 시마 누나의 이름이 시마인 게 아니라 만날 '줄무늬(シマシマ)'**옷만 입어서 붙은 별명이라는 것도.

"자 얼른. 이제 하루만 남았어. 얼른 방으로 들어갑시다아."

하고, 시마 누나가 나를 안아주었어. 다른 친구들은 이미 '울타리'라고 부르는 방 안으로 들어가 있었기 때문에 누나가 안아준 나를 부러운 눈으로 보고 있었지. 나는 조금 의기양양한 기분이 들었어.

"그럼 여러분 잘 자고 내일 봅시다. 오늘은 같이 자니까 안심하고 푹 자요."

딸깍 하고 소리가 나자 방 안이 어두워졌어. 나는 내가 제일 좋아하는 수건을 침대 삼아 몸을 둥글게 말아 누웠지.

---

* _____ dog shelter

** _____ 일본어 줄무늬는 '시마시마' 라고 읽는다.

"저기 있잖아 시마 언니가 말한 '눈'이란 거 뭔지 알아?"

내 옆에 있는 푸짱이 철책 너머로 말을 걸어왔어. 푸짱은 태어나자마자 '보건소'라는 데로 끌려갔고 거기서 이곳으로 온 여자아이야. 나랑은 다르게 밖에서 살아본 적이 없어서 하늘에서 내리는 눈이 뭔지를 모르더라고.

"눈은 말이지 하늘에서 내려오는 거야. 하얗고 차가워."

"그건 '비' 아니야?"

"비도 하늘에서 내리기는 한데 눈은 폭신폭신해 보여. 그래서 많이 내리면 이파리나 흙이 죄에다 하얗게 변한다고."

"호오. 뭔진 몰라도 눈 그거 재밌을 거 같아! 눈 내렸으면 좋겠다."

푸짱은 빙글 하고 한 바퀴 돌더니 자기 수건으로 폭 들어갔어.

재미있기는 무슨.

눈 속에서 잘 때 얼마나 추운지 푸짱은 몰라.

눈이 뭔지 모르고 산다는 게 얼마나 축복받은 건지도 푸짱은 몰라.

난 눈이 싫어.

왜냐면 그 눈이 내 소중한 남동생이랑 여동생의 목숨을 앗아갔는걸.

여기로 오기 전 내게는 남동생도 여동생도 있었어. 엄마 젖을 차지하려고 다투기는 했어도 서로 사이가 좋았어. 그런데 어느 날 엄마에게 밥을 가져다주던 검은 장화를 신은 사람이 나랑 여동생이랑 남동생을 붙잡아 갈색 상자에 넣었어. 엄마가 화가 난 목소리로 짖는 소리가 들려오긴 했지만 엄마는 쇠사슬에 묶여 있었어. 우리를 쫓아오거나 하지는 못했을 거라고 생각해. 우리는 그 뒤로 몇 시간이고 상자 속에서 울었어. 새카맣고 캄캄해져서 겁이 났어. 우리는 머리를 가져다 대고 상자 뚜껑을 꾹꾹 밀어서 열었어. 거기에는 커다란 나무가 엄청 많았고 한 번도 본 적이 없는 곳이었어. 아는 냄새는 고사하고 엄마 냄새도 없어서 우리는 집으로 돌아갈 방법이 없었지.

배는 계속 고프고 춥고 무서워서 나는 남동생과 여동생과 함께 몇 번이고 몇 번이고 엄마를 불렀어. 밤에는 상자 속에서 몸을 꼭 붙이고 잤어. 아침이 되면 다시 엄마를 계속 불렀어. 배가 너무 고파서 휘청휘청하면 떨어진 빵 조각이나 나뭇잎이나 벌레라도 주워 먹었어.

그러던 어느 날 하늘에서 눈이 내려오기 시작한 거야. 눈이 점점 우리들 몸 위에 쌓여서 춥고 무거웠지. 서로가 아무리 몸을 꼭 붙여보아도 차가운 눈바람이 훨씬 커다래서 우리들은 더 이상 몸에 쌓인 눈을 치울 힘도 남지 않게 되었어.

처음에는 여동생이 우는 소리가 들리지 않게 되었어. 조금 더 지나자 남동생이 울지 않게 되었어. 나는 오빠니까 형아니까 지켜줬어야 했는데도 머리가 멍해져서 어떻게 해줄 도리가 없었어. 정말 미안해.

다시 눈이 떠졌을 때 나는 따뜻한 욕조 안에 있었어. 내가 허둥지둥 다리를 움직이자 곁에 있던 시마 누나가 나를 내려다보고 막 눈물을 뚝뚝 흘리고 있었어. 그리고,

"네 여동생이랑 남동생을 구하지 못했어, 미안해."

하고, 말했어.

그래서 나는 있지, 눈이 싫어.

제발 눈이 내리 않기를―나는 그렇게 기도하며 잠들었어.

다음 날 아침.

어젯밤부터 내리기 시작한 눈이 가면 갈수록 심해져 밖은 이미 새하얗게 변해 있었어.

평소대로라면 유미 누나나 다른 사람들이 이미 올 시간이 한참 지났는데도 오늘은 시마 누나 혼자서 정신없이 움직이고 있었어.

"눈이 너무 많이 내려서 길이 저어언부 막히고 있대."

하고, 시마 누나가 말하는 걸 들어봐도 알 수 있어. 역시 눈은 나쁜 놈이야. 아침 정기 행사로 볼일을 보고 났을 때도 푸짱은 다른 친구들이랑 신이 나서 눈 쌓인 운동장 위를 뛰어놀고 있었지만 나는 바로 방으로 들어와버렸어.

아침밥을 다 먹고 느긋하니 쉬고 있는데 장화를 신은 시마 누나가 뭘 찾고 있었어.

"이상하네, 삽을 어디다 두었더라⋯⋯. 아, 여기 있다!"

시마 누나는 빗자루 같은 게 들어 있는 사물함 안에서 커다란 삽을 꺼내 들고 밖으로 나가려고 했어. 난 불안해져서 시마 누나 옷을 물고 방 안으로 끌어 들이려고 했어. 밖에 눈 와요. 나가면 안 돼요.

"하루야 왜 그래? 괜찮아 눈 치우러 가는 거야. 그냥 두면 눈 때문에 입구가 막혀서 친구들이 못 들어오게 되잖아 그렇지? 추우니까 하루는 안에서 기다리고 있어. 알았지?"

시마 누나는 나를 방 안으로 밀어두고 문을 닫고 밖으로 나갔어. 그래도 난 걱정돼서 계속 문 앞에서 기다리기로 했어.

문틈으로 휴우우 휴우우 하는 소리를 내며 차가운 공기가 들어왔어. 때때로 시마 누나 냄새도 섞여 있었어. 시마 누나가 나간 뒤로 어느 정도 지났을까? 나도 모르게 꾸벅꾸벅 졸고 있었는데 내 귓가로 갑자기 '구구구구궁!' 하는 둔한 소리가 꽂혔어. 깜짝 놀라서 문을 바라보았지만 소리는 딱 한 번만 들렸어. 하지만 문틈으로 들어오던 시마 누나의 냄새가 더 이상 나지 않았어.

어떡하지? 시마 누나가 없어져버렸어!

"멍! 멍멍!"

문을 향해 시마 누나를 불러봤지만 아무런 대꾸가 없었어.

고민 끝에 결심한 나는 문틈으로 발을 넣어 몇 번이고 긁적긁적하고 할퀴어댔어. 문이 옆으로 움직이고 문틈이 조금씩 더 크게 열리자 나는 밖으로 뛰쳐나갔지.

그러자마자 강한 바람에 날려갈 뻔한 나는 다급히 발에 힘을 줘서 단단히 땅을 밟았어. 주변이 완전히 하얗게 변해 있었고 어슴푸레하게 어둑어둑해져서 하늘에서 내리는 눈 말고는 보이는 게 없는 거야. 땅에 쌓인 눈은 내 발이 다 파묻힐 정도로 쌓여 있어서 나는 경중경중 여기저기를 달리면서 온 힘을 다해 시마 누나를 찾았어. 하지만 시마 누나 냄새가 어디에서도 나지 않았어.

나는 겁이 나서 견딜 수가 없었어. 또 이놈의 못된 눈이 내게 가장 소중한 이를 데려갈지도 몰라. 또 이런 일이 일어나다니. 안 돼. 부탁이야. 시마 누나를 데려가지 말아줘!

그때.

강한 바람을 타고 내 코에 익숙하고 반가운 냄새가 들어왔어. 잊을 수 없는 냄새. 정말정말 좋아하는 우리 엄마 냄새야! 나는 그 냄새가 흘러오는 방향을 향해 달렸어. 입구에서 건물을 따라 들어가 옆으로 조금 들어간 곳에 있는 곳인데 다른 데보다 훨씬 더 많은 눈이 산처럼 쌓여 있었어. 그 옆에는 작은

그림자가 두 개—내 여동생이랑 남동생이야! 모두 잘 지내고
있었구나!

나는 너무너무 기뻐서 몇 번이나 미끄러져 떨어지면서도
그 눈 더미 산을 올랐어. 겨우 산꼭대기에 올라가니 그곳에는
우리 엄마도 내 여동생도 남동생도 모습이 보이지 않았어. 하
지만 그 산 한가운데에서 시마 누나가 가지고 있던 삽 끝이 보
였어.

시마 누나!

나는 앞발로 정신없이 눈을 긁어내서 파내려갔어. 코를 눈
더미 한가운데에 박고 시마 누나 냄새를 찾았어. 틀림없어. 시
마 누나는 이 눈 아래 있어!

열심히 파내려가니 드디어 시마 누나 얼굴이 눈 속에서 나
타났어. 나는 시마 누나 얼굴을 핥아주었어.

"……하루니? 어떻게 내가 여기 있는지를……. 하루야 너 설
마 나 구해주러 온 거야?"

시마 누나가 겨우 눈을 떴어. 다행이야! 자, 집으로 돌아가자
누나.

"……미안해 하루. 다리가 완전히 빠져버려서 아무리 빼보
려고 해도 나오지 않아. 또 옥상에서 눈 더미가 쏟아지면 이번
에는 하루 너까지 묻혀버려. 그러니까 제발 집으로 돌아가렴.
난 괜찮으니까……."

나는 시마 누나가 뭐라고 말하는지 잘 알아듣지 못했지만 시마 누나가 움직이지 못하고 있는 건 알 수 있었어. 눈이 시마 누나를 집으로 데려가지 못하게 막고 있는 게 분명해. 그러니까 내가 이 눈을 치워줄 거야.

나는 다시 눈을 파기 시작했어. 너무 세게 긁어내서인지 발바닥에서 피가 나기는 했지만 이런 것쯤 아무것도 아니야.

"하루…… 이제 됐어…… 피가 나잖니. 괜찮으니까…… 이제 그만해."

시마 누나는 내게 그만하라고 말하고 있었어. 하지만 난 멈추지 않고 계속 팠어.

그날 눈 속에 있던 날 구해준 게 시마 누나니까.

남동생이랑 여동생을 위해 눈물을 흘려주고 '미안해'라고 말해준 시마 누나니까.

맛있는 밥을 주고 같이 달리기하며 놀아준 시마 누나니까.

언제나 미소 지으며 날 불러주고 꼭 안아주는 시마 누나니까.

가장 좋아하는 시마 누나를 위해서라면 나는 두 번 다시 걷지 못하더라도 상관없으니까.

시마 누나의 몸이 조금씩 눈 밖으로 나오기 시작했어. 시마 누나는 열심히 몸을 움직여보려고 했지만 아무리 해도 허리 위까지 잔뜩 쌓인 눈에서 빠져나오지를 못했어. 시마 누나는

얼굴에 푸른빛이 돌 정도로 하얗게 질려 있었고 갈수록 기운
이 빠지는 것처럼 보였어.

"……하루야 이리 와."

시마 누나가 양팔을 벌리고 나를 꼭 안아주었어.

"고마워, 하루야. 난 이제 괜찮으니……. 이제 집으로 들어가."

시마 누나는 나를 있는 힘껏 밀어서 내보내려 했어. 그 힘에
떠밀려 나는 눈산 밖으로 굴러떨어지고 말았어. 몸을 부르르
흔들어서 눈을 떨어내다 입구를 문득 보니 눈이 잔뜩 쌓여 있
고 그 틈으로 친구들이 걱정하는 모습이 보였어.

시마 누나는 내가 지킬 거야.

이번에야말로 내가 꼭 지키고 말겠어.

나는 눈산을 올려다본 뒤 한 번 더 산을 올랐어. 꼭대기까지
오른 내가 시마 누나가 있는 곳으로 다가갔어. 시마 누나는 몸
의 절반을 밖으로 내민 채 눈을 감고 있었어. 나는 시마 누나의
몸에 딱 붙어서 곁에 엎드렸어. 이러면 시마 누나가 춥지 않을
테니까. 내가 시마 누나를 따뜻하게 덥혀줄 거야.

시마 누나는 힘겹게 게슴츠레 눈을 뜨고 나를 보더니 머리
를 마구 쓰다듬으며 울음을 터트렸어.

"왜 돌아온 거야, 하루……!"

하고, 나를 뒤에서 꼬옥 안아주었어. 시마 누나는 한동안 그렇게 내 몸에 얼굴을 묻고 울었어. 내가 누나 곁에 꼭 붙어 있을 테니까 마음 놓아요.

"……하루야, 따뜻하구나."

얼굴을 들어 올린 시마 누나는 더 이상 울고 있지 않았어. 콧물이 얼어붙어 있기는 했지만 방금처럼 새하얗게 질린 얼굴이 아니었어.

"나는 네 동생들을 구해주지 못했어. 그러니까 너까지 눈 속에서 얼어 죽게 할 수는 없어. 절대로."

시마 누나는 두 팔로 자기 몸을 받치고 다시 한 번 눈 속에서 몸을 꺼내려고 노력하기 시작했어. 내가 깜짝 놀랄 만큼 뭐라고 말하는지 전하기도 힘들 정도로 애를 쓰는 소리를 내면서, 몇 번이고 몇 번이고. 나는 그 목소리를 응원하려고 옆에서 시마 누나를 향해 계속해서 짖었어. 힘내라, 힘내, 시마 누나.

수십 번이고 외치는 내 울음소리와 함께 시마 누나의 몸이 갑자기 눈 밖으로 튀어나왔고 눈산 아래까지 뒹굴뒹굴 굴러떨어졌어.

됐다!

나는 다급히 시마 누나 곁으로 달려가 쓰러진 시마 누나를 지켜보았어. 시마 누나는 곧바로 몸을 일으키지를 못하고 헉헉하고 숨을 내쉬었어.

"하루야…… 해냈어! 우리 둘 살아남았어."

시마 누나는 나를 보며 즐거워서 웃었어. 하지만 그 뒤 내 뒤에 있는 설산 쪽을 보고 왠지 모르게 놀란 얼굴이 되었어.

왜 그래요? 시마 누나?

그때 아까 맡았던 그 냄새가 났어.

나도 놀라서 뒤돌아봤더니 방금까지 내가 있던 눈산 꼭대기에 어슴푸레한 그림자가 보였어. 커다란 그림자랑 그 옆에 나란히 선 작은 그림자가 두 개…….

"멍!"

나도 모르게 짖은 내 목소리와 함께 강한 바람이 불었고 눈앞이 눈보라로 하얗게 변했어. 내가 다시 눈을 떴을 때는 이미 그림자가 사라져 있었어.

"하루야…… 방금 전 그거…… 봤니?!"

시마 누나는 눈을 똥그랗게 뜨고 눈산을 보면서 중얼거렸어.

응. 똑바로 보고말고.

나 있지, 그동안 눈이 너무너무 싫었지만 오늘 일로 좋아하게 될지도 몰라.

왜냐고? 눈이 내리면 엄마랑 여동생이랑 남동생을 다시 만날지도 모르잖아?

하얀 눈과 바람을 타고 나를 만나러 올지도 몰라.

그러면 나는 남동생이랑 여동생이랑 눈 내리는 한가운데서 술래잡기를 하며 놀아줄 거야.

엄마한테는 시마 누나 이야기를 잔뜩 해줄 거고.

엄마도 시마 누나를 좋아하게 될 거예요!

하고 생각하며, 나는 시마 누나랑 함께 눈산을 바라보았어.

그리고 두 달 뒤.

따끈따끈한 봄 햇살이 쏟아지는 운동장에서 나는 있는 힘껏 달리고 있었어.

"하루야, 이리와."

시마 누나가 부르자마자 나는 단숨에 달려갔어. 있는 힘껏 날리면서 그대로 시마 누나 품으로 뛰어드니 시마 누나가 웃으면서 뒤로 벌렁 넘어졌지 뭐야.

"하루! 이 녀석 사람한테 달려들면 안 된다고 알려줬잖아! 내일부터 새로운 집으로 가게 되니까 배운 대로 잘해야 한다?"

시마 누나가 나를 꼬옥 안아주더니 한 손으로 내 머리를 몇 번이고 부드럽게 쓰다듬어주었어.

"……헤어지는 건 언제나 괴로운 일이지만 이게 하루가 행복해지는 길이야. 알았지? 나도 은혜를 갚도록 열심히 할 테니까. 약속할게."

시마 누나의 눈에는 눈물이 빛나고 있었어.

"하루를 가족으로 받아줄 분들도 모두 다 네가 오는 걸 반기고 있대. 하루를 아주 많이 사랑해주실 거야. 얼마 전에 초등학생 남자애랑 여자애가 와서 같이 놀았던 거 기억하니? 그 애들이 네 가족이 되어줄 애들이야. 확실하게 지켜줘야 해."

걱정 마요. 단단히 지킬 테니까. 왜냐면 난 형이고 오빠잖아요!
고마워요, 시마 누나.
꼭 다시 만날 거예요.

Story 7

볼보, 함께 웃자
— 상처 입은 마음의 문이 열린 날

다무라 x 볼보(골든 리트리버)

"저기, 무라타(村田) 군 어디 갔나?"

공장장이 사무실에 얼굴을 내밀었다.

"무라타 씨는 부장님이랑 같이 외출했습니다. 6시쯤 돌아오지 않을까 싶은데요……."

직원 한 명이 대답하자 공장장은 얼굴에 난 땀을 손수건으로 닦으며 끄응 하고 신음 소리를 냈다.

"이거 큰일 났네. 확인할 일이 있는데 말이지……."

"무라타(村田) 말고 '다무라(田村)'라면 여기 있는데요."

어디서인지 모를 곳에서 목소리가 들려왔다. 컴퓨터 키보드를 두들기고 있던 내 손이 멈춘다. 이걸 농담으로 여기고 웃어야 하나 아니면 그냥 흘려 넘겨야 하나, 정하지 못한 사무실 사람들 때문에 미묘한 분위기가 흐르는 걸 피부로 느낄 수 있다.

나는 못 들은 척하고 고개를 들어 올렸고 공장장과 눈이 마주쳤다.

"할 수 없지. 다무라 군, 잠깐 이리로 와줄 수 있겠나?"

"……네."

나는 자리에서 마지못해 일어나 공장장 뒤를 따라갔다.

고향에 있는 지방대를 졸업하고 고향에 있는 회사에 취직한 지 5년.

동기 무라타와 나는 우연히도 이름이 서로 앞뒤 역전되어 있다는 인연으로 주변 사람들에게 '정반대 콤비'라는 별명으로 불리곤 한다. 게다가 정반대인 건 이름만이 아니어서 성격이나 겉모습에 이르기까지 죄다 정반대다. 사람들 앞에 나서서 이야기하는 걸 불편해하는 평범한 외모인 나와 달리 무라타는 처음 보는 사람과도 금세 친해지는 밝은 성격.

우리 두 사람 다 영업 담당으로 채용되기는 했지만 날이 가면 갈수록 서로 간의 차이가 쭉쭉 벌어지기 시작했다. 나랑 무라타가 신규 클라이언트 회사에 찾아가 인사를 같이 해도 나중에 클라이언트 회사 담당자가 연락하는 건 언제나 내가 아니라 무라타 쪽이다. 뭐 실제로 말하는 건 거의 다 무라타기도 하고, 나는 곁에 앉아 있기만 하니까 있었다는 사실 자체를 상대가 완전히 까먹어버린 건 아닐까 싶기도 하지만…….

결국 나는 내근직으로 옮겨지고 말았고 정신을 차리고 보니 어느새 영업이라기보다는 자사 제품 품질관리나 생산제조 라인 정리 같은 일만 잔뜩 하게 되었다. 이런 상황에 처한 게 부끄럽기는 하지만 한구석에서는 이런 처지에 오히려 안심하는 나 자신도 있고.

"다무라 군."

공장장 목소리에 헉하고 정신을 차렸다.

"괜찮나? 제대로 내 말 파악했나?"

"아, 죄송합니다. 괜찮습니다."

"……제발 좀 부탁하네, 응? 납품이 달린 일이란 말이야. 아, 그리고 무라타 군에게도 이 건은 제대로 전달해두게나."

공장장은 불안한 눈빛으로 날 보며 몇 번이고 같은 말을 반복해 확인을 받은 다음에야 떠났다.

아차, 또 같은 실수를 저질렀구나. 아니지. 정확히 말하면 같은 실수를 저질러서 '그 말'을 들어버렸다고 해야겠지.

내가 주변 사람에게 자주 듣는 '그 말'. 그건 "괜찮아?"하고 "무슨 말인지 알겠어?" 그리고 "표정이 안 좋은데, 별로 재미없어?"다.

그 외에도 여러 가지 있지만 결국은 비슷한 뉘앙스. 예전에 사원들하고 술자리를 가졌을 때 나이 어린 사무원한테 비슷한 말을 들은 적도 있었다.

"예전부터 느끼던 건데요, 다무라 씨는 언제나 반응을 보이는 게 뜨뜻미지근해서 무슨 생각을 하는지 당최 알 수가 없단 말이죠."

그 사원은 술에 취해서 자기도 모르게 막말을 한 거겠지. 하지만 갑자기 웃는 얼굴로 면전에 대고 그런 말을 해버리니 기습을 당한 나는 무슨 반응을 보여야 좋을지 모르고 그저 굳어버렸다.

"거봐요, 지금도 그렇잖아요! 보통은 이런 말 들으면 열 받아서 아니라고 반박하는 거 아니에요?"

"그런가……."

"그렇고말고요. 아니 오히려 그런 정도로 반응을 보여야 마땅하죠. 제가 먼저 말 꺼내놓고 이렇게 말하는 것도 우습지만 나이도 어린 여자애가 이런 말을 하는데 아무 느낌도 없다는 건 좀 문제 아닌가요? 화나면 화내고 웃기면 웃고 좀 더 감정을 표현해줘야죠. 안 그러니까 상대방도 뭘 어찌할지 모르는 거 아니에요?"

"응. 그렇네."

"'그렇네'…… 그러고 끝이에요? 아니, 다무라 씨, 제가 무슨 말 하는지 전혀 이해를 못 하고 계신데요? 실컷 제가 한 이야기에 그런 대답이니까. 뭐랄까 이런 말 하는 상대방 입장에서는 바보 취급당하고 무시당한 느낌이 든다고요."

"그런 취급 하고 있는 건 아닌데."

"아니면 그렇지 않다고 확실하게 태도를 보여야 하지 않아요? 사람이란 게 그렇잖아요. 말이나 태도로 보여주지 않으면 상대가 어떻게 알아요? 솔직히 까놓고 말해서 지금 이 순간에도 다무라 씨 보면 전혀 재미있지 않아 보이는데."

그야 이런 말을 대놓고 듣는데 기분이 좋을 리가 있나. 일방적으로 하고 싶은 말을 쏟아놓고 내 말은 들으려고 하지 않으면서 뭘 '말로 표현해라' 같은 말을 하고 그래?

그렇게 생각은 했지만 결국 말로는 하지 못했다. 말로 해봤자 다음에 전개될 이야기는 귀찮고 부담스러워질 게 눈에 빤히 보였으니까.

나는 말로 하는 대신 내게 일방적으로 말을 쏟아내는 사무원 옆자리에 앉은 또래 직원에게 시선을 보냈다. 그녀는 이 연하의 직원과 같은 직무를 보는 사람이라 내 나름대로는 '어떻게 좀 처리해주세요' 하고 메시지를 담은 눈빛이었다.

"아이고, 이제 그만해 미키(美樹) 씨. 진정진정. 그렇게 박력 있게 말하면야 다무라 씨가 아니라 누가 오더라도 반론 못 하겠다. 그렇죠, 다무라 씨? 그보다 지금 부장님하고 다들 맥주 다 드신 거 같으니까 각자 술 뭐 드실지 여쭤고 주문 좀 하고 와."

"니예, 네."

할 말을 다해서 개운한 모양인지 그녀는 나를 쳐다보지도 않고 훌쩍 자리에서 일어나 사람들이 뭐 마실지를 물으러 돌아다녔다.

그날 술자리가 파하고 돌아가려던 내게 또래 직원이 말을 걸어왔다.

"다무라 씨, 오늘 있었던 일 너무 신경 쓰지 마. 미키도 그런 식으로 말하기는 했지만 말하자면 '다무라 씨는 진지하게 열심히 하는데도 남들이 몰라줘서 손해 보는 것 같다'라고 말하고 싶었던 거니까. 그래서 곁에서 보기 안타깝다, 그런 말이야."

"예……."

"……괜찮아? 내가 괜한 말을 한 건 아닌가 몰라."

그녀에게서조차 결국에는 똑같은 대사가 돌아왔다.

오후 6시 45분.

무라타가 예정 시간보다 늦게 회사로 돌아왔다. 부장은 다음 예정이 있다고 해서 중간에 먼저 돌아왔다고 한다. 나는 공장장이 말한 안건을 무라타에게 전달하고, 가벼운 회의를 했다.

"오케이. 그럼 나머지는 내 쪽에서 조정해둘게. 다무라, 오늘은 이걸로 퇴근하냐?"

"응 뭐 그냥…… 이메일 온 거나 확인하고 갈까 하고 생각하긴 했는데……."

"나도 조금만 뒷정리하면 끝나니까 끝나고 가볍게 밥이라도 같이 먹을래?"

"괜찮긴 한데……."

무라타가 먼저 밥 먹자고 말을 꺼내는 건 흔하지 않은 일이다. 좀 신기한 기분이 들기는 했지만 딱히 거절할 이유도 없고 특별한 예정도 없다. 나는 무라타와 둘이서 회사를 나와 역 앞에 있는 이자카야(居酒屋)* 프랜차이즈로 들어갔다.

"미안미안, 시간 뺏은 게 아닌가 싶네."

물수건으로 손을 닦으며 무라타가 웃는다.

"아, 아냐. 딱히 뭐…… 어차피 편의점에서 도시락 사서 들어갈 생각이었고."

"그래. ……실은 말이지 방금까지 부장님하고 이야기했던 일인데, 나 다음 달부터 도쿄 지사로 옮기기로 결정이 났거든."

"뭐?"

"정식 발표는 아직 더 있어야 하니까 그동안은 무조건 비밀로 해주라."

본사에서 지사로 이동한다고 말만 들으면 별로 좋은 게 아니라고 생각할지는 몰라도 우리 회사의 경우 도쿄 지사는 선두그룹 기업 클라이언트를 직접 상대하는 접수처 같은 역할을

---

*_____ 일본식 선술집.

하고 있기에 말하자면 '잘나가는' 부서다. 그만큼 작업량도 엄청나게 많고 어렵기는 하지만, 회사 입장에서도 무라타가 활약해주기를 기대하고 있다는 뜻이겠지.

"장난 아니다. 출세 코스잖아. 축하한다."

"고맙다. 내가 어디까지 할 수 있을지는 모르지만 힘내서 해보려고. 사실 거기 가면 라이벌이 잔뜩 있을 거 같기도 하고. 모두 밤샘 야근은 기본으로 하는 모양이더라고. 한동안은 내가 갑자기 빠져서 본사 일에 차질이 생기게끔 민폐 끼치는 게 아닐까 싶긴 한데 그래도 다무라가 여기 남아 있을 테니까 안심이야."

"……응. 그야 당연히 모두 다 뒤처리 잘해줄 거니까."

아무래도 무라타에게 있어 나는 라이벌 축에도 들지 못하는 모양이다. 나 자신도, 아니, 회사 사원 전체도 내가 무라타랑 어깨를 나란히 할 만한 사람이 못 된다고 생각하고 있겠지만.

종업원이 가져온 맥주로 건배한 우리는 안주를 집어 먹으며 회사 일이나 기억에 남지 않을 잡다한 이야기를 계속했다. 한참 있다가 무라타가 갑자기 젓가락을 내려놓았다.

"저기 있지, 오늘 보자고 한 건 이야기할 게 하나 더 있어서인데."

"어, 그래? ……어떤?"

"도쿄로 전근 가게 되어서 조금 곤란한 일이 생겼어. 내가 개를 키우고 있거든."

"개 키우는 줄 몰랐는데. 처음 들었어."

"골든 리트리버라는 견종. 그렇지만 아무리 그래도 도쿄에 데리고 갈 수는 없어서 말이지. 도쿄 도내에 반려동물 반입 가능한 아파트를 좀 찾아봤긴 한데 그냥 살기도 비싼 아파트 월세가 반려동물 반입이 붙으면 말도 안 되게 비싸져버리는데다나 자신이 거기 가서 어떤 생활을 하게 될지 상상도 못 하고 있는 판국에 같이 데려가서 방치하거나 하면 불쌍하지 않아? 그래서 일단은 여자친구한테 맡기려고 했어. 그런데 여자친구 어머님이 얼마 전에 쓰러지셔서 병원에 입원하셨거든 그래서 여자친구도 본가로 돌아가버려서 진퇴양난 상태야."

"……."

"다무라 정말 미안한데 말이지 잠시만이라도 우리 집 개 좀 맡아주지 않을래?"

나는 갑자기 훅 치고 들어온 이야기 흐름에 떠밀려 놀라고 당황해하며 말했다.

"안 돼, 무리야! 우리 집 좁고 개 키우는 것도 못 해!"

"부탁이다! 딱 몇 개월만 봐주면 돼, 그 뒤론 알아서 할게! 여자친구가 다시 여기로 돌아오면 데려가라고 할 테니까, 그리고 만에 하나 정말 사정이 안 된다고 그러면 그때는 아예 다른 주인을 찾아볼 테니까! 그동안만 제발 좀 돌봐주라!"

하고, 다무라는 테이블 위에 손을 대고 큰절을 하듯 머리를 숙였다.

"아니, 진짜 안 된다니까……. 혼자 사는 원룸인데다가 집주인한테 들키면 분명 뭐라고 할 거고. 그 개 입장에서도 갑자기 나 같은 거랑 살게 되는 거도 불쌍하고. 좀 더 조건도 좋고 더 귀여워해줄 사람을 찾는 게 낫지 않아?"

"물론 가장 좋은 환경을 찾을 거라니까. 그러니까 더더욱 너무 급하게 정하다가 이상한 놈에게 맡기고 싶지 않은 거야. 그게 가장 불쌍하지, 안 그래? 난 다무라 너라면 안심하고 맡길 수 있다고 생각했거든. 너 진지하고 일도 꼼꼼히 하는 성격이니까 맡기더라도 제대로 돌봐줄 거라고 굳게 믿고 있다고. 훈련도 잘되어 있고 개랑 지내는 생활도 의외로 즐겁다? 딱 몇 개월만 봐주면 되니까 제발 좀 도와주라!"

"아니……."

"지금 당장 대답해달라고 하는 건 아니고 이번 주말이라도 한번 보러 오지 않을래? 일단 만나보고 서로 잘 맞는지 따져봐서 안 맞으면 나도 포기할 테니까. 어쨌든 이사 준비하느라 일손이 모자란 판국이라서. 도쿄에서는 지금보다 더 좁은 집에서 살아야 할 테니까 짐도 최소한으로 줄여서 가고 싶거든. 다무라 네가 갖고 싶은 게 있으면 다 가져도 돼. 그리고 점심도 내가 살게! 부족하면 저녁도!"

과연 사람들의 기대와 촉망을 한 몸에 받는 영업사원답게 무라타는 이런 협상이나 흥정에는 도가 텄다. 정신 차리고 보니 나는 주말에 무라타 집에 가기로 약속해버리고 말았다…….

그리고 돌아온 토요일.

무라타 방에 도착하자마자 그는 웃는 얼굴로 말했다.

"바로 소개할게. 골든 리트리버 볼보(ボルボ)! 세 살이고 수컷이야."

무라타 곁에 볼보는 얌전하게 앉아서 나를 바라보았다. 꼬리를 흔들며 달려든다거나 얼굴을 핥아주는 좀 더 격렬한 환영을 받을지도 모른다 생각했던 나는 약간 맥이 빠지고 말았다. 그래도 내가 손을 내밀자 볼보는 코를 가져다 대어 냄새를 맡고는 꼬리를 좌우로 몇 번 하늘하늘 흔들어주었다.

"……되게 얌전하네."

"그렇지? 볼보는 쓸데없이 짖거나 소리 지르는 일은 전혀 없고 엄청 똘똘하거든. 개가 세 살 정도 먹으면 놀고 싶은 에너지가 절정에 달해서 집 안 가구를 엉망으로 만들어놓는다고 들었는데 그런 장난도 친 적이 한 번도 없어. 아, 아무 데나 편한 데 앉아. 커피 끓여 올게."

볼보는 나한테서 가장 멀리 떨어진 방 한구석에 엎드려 작게 '흥' 하고 한숨 같은 콧소리를 내며 앞다리 위에 얼굴을 얹었다. 그래도 눈은 뜨고 있어서 힐끔힐끔 내가 무슨 짓을 하나 지켜보고 있었다.

바닥에 굴러다니는 장난감 공이 눈에 띄었다. 나는 공을 손에 들고 볼보에게 던져봤다. 볼보는 궤도를 눈으로 죽 따라가며 보기만 할 뿐이었지만 자기 앞에 공이 멈추자 고개를 들고 불안한 시선을 내게 보냈다.

원래 개가 보이는 행동이란 게 이런 느낌인 건가?

나는 뭐라 말하기 어려운 위화감을 느꼈다. 뭐라고 해야 하나? 제대로 표현하기 어렵지만 볼보는 개라고 하기에는 개답지 않다고 할까? 적어도 내가 상상하고 있던 개랑은 이미지가 다르다. 보통 개는 볼보보다는 훨씬 더 밝아서 어떤 상황에서도 명랑하게 누구에게든 신나서 장난치고 놀자고 조르는 존재라는 이미지였는데…….

"침대나 사료 같은 거나 그 외에도 생활에 필요한 도구 같은 건 전부 그대로 가져가면 될 거야. 예방접종도 막 받았고 딱히 새로운 준비를 할 필요는 전혀 없어. 오늘부터 바로 볼보랑 같이 살 수 있을 만큼."

무라타는 커피가 든 머그잔을 내게 내밀었다. 자기 이름이 들려서 반응한 것인지 볼보의 귀가 꿈틀 움직인다. 그래도 그 눈동자에는 주인이 자기 이름을 불렀다는 사실에서 차오르는 즐거움은 전혀 느껴지지 않았다.

그렇구나, 하고 나는 마음속으로 중얼거렸다.

볼보는 알고 있는 거다. 주인이 어딘가 멀리 떠난다는 사실을.

그리고 자기는 버림받는다는 사실을——.

그리 생각하니 나는 가슴이 옥죄이는 것같이 괴로웠다. 볼보가 앞으로 한 달이나 이런 애절한 눈을 하고 살아야 한다니 이대로 둘 수는 없다.

자신의 존재가 '다른 사람에게 도움이 되지도 않고 필요하지도 않다'라는 사실을 깨닫는 괴로움을 무라타는 전혀 알지 못하는 모양이다.

"그럼 오늘부터 볼보 데려갈게."

나도 모르게 내뱉은 말에 가장 놀란 사람은 바로 나 자신이었다.

무라타는 허를 찔려 멍한 표정으로 나를 바라보았다. 지금 무슨 말을 내뱉은 거냐 미쳤나봐 하는 기분이 뒤늦게 솟아오르기는 했지만 바닥을 지긋이 바라보며 엎드린 볼보의 모습을 보니 이제 와서 내뱉은 말을 되돌릴 수는 없었다.

볼보가 오고 나서 내 일상은 한꺼번에 정신없이 변하기 시작했다.

얼른 새로운 환경에 적응하게끔 나는 일하는 시간 외에는 모두 볼보와 지내기로 했다.

집주인과는 절대로 짖는 소리나 용변 처리 문제를 일으키지 않겠다고 약속하고 월세를 오천 엔 올리는 조건으로, 의외로 별다른 어려움 없이 흥정에 성공했다. 원래부터 계약서에 반려동물 반입 금지 조항이 없었기도 하고, 내 방이 일층 가장 끝에 있기도 해서 주변에 영향도 크지 않을 것이라는 사실이 긍정적으로 작용한 모양이다.

한편 볼보는 전용 침대를 방 한가운데 두어도 절대 거기서 자는 일이 없고 언제나 방 한구석에서 내 눈치를 살피고 있었다. 어차피 내 방은 다다미 여섯 장(疊)*밖에 안 되는 넓이라서 되게 멀리 떨어져 있지도 않지만.

"볼보야, 밥 먹자."

내가 사료를 내밀자 밥이다! 하고 달려드는 것도 아니고 천천히 일어나 걸어와서는 지긋이 나를 올려다본다. 그래도 밥 먹을 때만큼은 깃털부채 같은 꼬리를 천천히 흔든다. 하지만 아주 약간만. 그리고 변함없이 볼보 눈에는 힘이 없다.

─이 사람은 내게 있어 어떤 사람인 걸까? 여기는 내게 있어 어떤 장소인 걸까?

볼보가 그런 식으로 혼란스러워하고 있음을 나는 느낄 수

---

*_____ 다다미 한 장의 크기는 가로 0.9m, 세로 1.8m로 한국식 평수로 환산하면 반 평 정도다. 따라서 다다미 여섯 장은 3~4평 정도에 해당한다.

있었다. 그래서 나는 볼보가 '여기서 안심하고 지내도 되는구나' 하고 생각하게끔 매일매일 온 힘을 다해 말을 걸었다. "잘 잤니, 볼보?"나 "잘 자, 볼보야"는 물론이고 사료가 어떤 맛인지 재료는 무엇인지까지 진지하게 설명해주기도 했다. 마치 인간이랑 대화를 나누듯. 솔직히 말해서 이 정도로 내가 먼저 말을 거는 일은 여태껏 살면서 한 번도 없었을 정도다.

하지만 3주가 지나도록 볼보의 눈이 빛나는 일은 없었다.

아무래도 나란 놈은 개하고도 마음이 통하지 못하는 놈인 건가…….

내 자신이 너무 한심해서 축 처지고 말았다. 이대로라면 볼보가 불쌍해. 이런 나와 함께 살아야 한다는 사실이 무라타와 떨어져 지내야 하는 사실보다 훨씬 싫을 게 빤하다.

나는 도쿄로 전근 갈 준비를 하느라 매일매일 막대한 작업량을 해내고 있는 무라타를 불러내 사정을 모두 설명했다. 무라타는 내 이야기를 말없이 쭉 듣기만 하고 있었다.

"……그래서 나보다 훨씬 좋은 사람을 되도록 빨리 찾아줬으면 해서."

나는 나 자신이 너무 무력하고 한심해서 견디지 못하고 고개를 숙였다. 내 머리 위로 무라타의 목소리가 울린다.

"볼보가 다무라 너한테 마음을 열지 않은 게 아니야."

의외의 말이었다. 나도 모르게 고개를 들었다.

"뭐?"

"너도 이상하다고 생각하지 않았냐? 보통 다른 개랑 비교하면 너무 성격이나 행동이 어둡고 감정이 없지 않나 하고. 그건 어쩔 수 없는 일이야. ……볼보는 전에 키우던 주인한테 밥도 최소한만 받고 산책도 나가지 못하고 볕도 안 드는 뒷마당에서 짧은 쇠사슬에 묶여 방치된 채로 자란 개거든. 나랑 여자친구가 보다 못해 반년 전에 주인이랑 흥정해서 보호한 거야. 흥정이라기보다는 싸움이었지만."

"……!"

"그래도 상당히 상태가 좋아진 편이야. 털은 지저분하고 엉망이었고 냄새도 심했어. 맨 처음에는 무서워서 산책도 가지 않으려고 했어. 태어나서 계속 그 좁은 마당에서만 살아서 바깥세상을 모르니 당연한 거지 뭐. 볼보가 어느 정도 진정되면 이번에야말로 행복하게 해줄 주인을 찾자고 여자친구랑 이야기했는데, 설마 내가 갑자기 전근 가게 될 줄은 생각도 못 한 거지……. 생각도 책임감도 부족했던 거라 반성하고 있어."

"그럼 볼보가 나한테 보이는 그 태도는 나 때문인 게 아니라?"

"나한테나 내 여자친구에게도 똑같은 태도야. 솔직히 이야기하면 인간 전체에 대해 그런 태도야. 애교를 부리거나 신나서 방방 뛰거나 하는 일은 절대 없어. 언제나 사람 눈치 보는 태도로 불안해하기만 하지. 그래서 다무라가 우리 집에 왔을 때도 볼보가 제 발로 다가가서 코를 가져다 대고 꼬리를 흔드는 걸 보고 내심 깜짝 놀랐거든."

내 뇌리에 당시 풍경이 되살아난다.

"제대로 사정을 다 이야기해줄 생각이었는데 설마 그날 네가 볼보를 데리고 갈 거라고 말할 줄은 전혀 생각하지 못했거든. 일이 갑자기 잘 풀리는데 굳이 선입견을 가질 만한 말을 할필요가 있나 하고 생각해서 사정을 설명하지 못했어. 괜한 오해를 하게 만들었네. 미안하다."

볼보는 나를 부정하거나 거부한 게 아니었구나…….

볼보의 생기 없는 눈에 그런 슬픈 과거가 담겨 있었다니. 분명 볼보는 자기 기분을 어떻게 표현해야 할지 모르는 게 분명해. 즐겁거나 기쁘다는 감정 그 자체를 알지 못한 채 작은 마당에서 고독하게 살아야만 했으니까…….

나는 지금 당장이라도 집으로 날아가 볼보를 꼭 안아주고 싶은 기분이었다.

"진짜 사정이 어떤지 알게 되어서 다행이야. 그런 사정이라면 아직 내가 할 수 있는 일이 남아 있을지도 모른다는 생각이 들었거든."

"그래? 그렇다면……."

"좀 더 열심히 노력해보려고. 볼보가 사람을 좋아하도록 도와줘볼게."

그날 집으로 돌아온 나는 볼보 앞에 앉아 말을 걸어봤다.

"볼보야. 너한테 그런 과거가 있을 줄은 몰랐어. 해맑게 꼬리
나 흔들고 있기는 어려웠을 텐데 말이지. 미안하다."

볼보는 가만히 앉아 내 눈치를 보고 있었다. 여전히 표정은
딱딱하게 굳은 채다.

"앞으로 조금씩 조금씩 여러 가지 일을 알아가면 되는 거야.
세상에는 즐거운 일도 잔뜩 있고 게다가 여기는 안심해도 되
는 곳이야. 조금 좁은 건 미안하지만 그래도 좀만 참아주라. 이
렇게 귀여운 얼굴로 태어났는데 더 많이 웃고 그래야지 아깝
게. 웃어볼까? 이렇게 입을 '히이' 하고 벌리는 거야."

니는 볼보에게 시범을 보이려고 웃는 모습을 보여주었다.
하지만 얼굴이 쥐가 난 것처럼 비틀려버려서 웃는 표정이 제
대로 지어졌는지 나도 모르게 거울로 확인했다. 그러자 거울
에는 서툴고 뻣뻣하게 반쯤 웃고 있는 내 얼굴이 비쳤다.

"웅? 웃는 얼굴이 의외로 만들기 어렵네, 그동안은 몰랐어."

나 자신이 웃거나 감정을 표현하는 데 서툴다는 사실을 비
로소 깨달았다.

"이렇게 뒤틀린 미소를 보고 볼보가 뭘 배우겠어. ……좋아,
볼보야. 오늘부터 나랑 같이 크게 웃는 연습 하자. 누가 먼저
자연스럽게 웃나 대결이야."

볼보 얼굴을 두 손으로 감싸서 위로 살짝 들어 올려봤다. 하

지만 볼보의 입꼬리가 올라가 미소 지은 듯 보인 건 한순간이었고 손을 놓으니 다시 평소 같은 불안한 표정으로 돌아갔다.

"괜찮아 괜찮아! 나도 웃는 얼굴 잘 못하니까 같이 힘내자!"

그날부터 나는 볼보를 대할 때는 한층 더 오버액션에 오버리액션을 보이기로 마음먹었다. 물론 내 나름대로 최대한 지은 미소도 한 세트로.

"다녀왔어 볼보야! 착하게 잘 있었어? 요놈 요놈, 아주 그냥! 우리 똘똘이 볼보!"

볼보의 머리나 몸을 쓰다듬어준다. 볼보는 처음에는 깜짝 놀라 도망가지도 못하고 그 자리에서 굳어버리고는 했지만 점차 시간이 지나면서 긴장되었던 몸에서 힘이 빠져 이완되어가는 것을 느낄 수 있었다. 내가 하는 대로 반항하거나 하지 않고 얌전히 있는 것으로 보아 싫은 건 아닌 모양이다.

"볼보야! 이 사료 엄청 맛있어 보이지 않냐!? 으음, 향 좋고!"

"우리 볼보 산책 나갈까? 산책! 산책! 재미있겠다아!"

"어이쿠 이 장난감은 또 뭐람? 죽죽 늘어나네! 아이고오오오 늘어난다아아아!"

밤에 산책할 때면 주변에 사람이 있나 없나 확인한 다음 볼보 앞에서 번갈아 한쪽 발로 껑충껑충 뛰기도 하고 춤을 춰 보이기도 했다. 공원에서는 볼보보다 먼저 공을 주어다 볼보에게 보여주며 자랑하기도 했다.

"부럽지이 이 공 부럽지? 내 거거든. 볼보한테 안 줄 거거든? 갖고 싶으면 나보다 먼저 가서 뺏어보든가! 으쌰!"

이런 모습 동네 사람이 보면 부끄러워서 더 이상 골목길 다니지도 못한다. 솔직히 가끔 정신 차리고 자기 자신을 돌아보면 죽고 싶을 만큼 부끄럽다.

하지만 내 부끄러움 따위는 상관없다. 가령 내가 느끼는 이 감정의 십 분의 일, 아니 천 분의 일이라도 좋다.

볼보가 무언가를 느껴주기만 한다면. 볼보에게 무언가가 전해진다면. 그것만으로도 내겐 충분했다. 그리고 무언가 전해지고 있는 게 분명했기에 나는 멈출 수 없었다.

왜냐면, 나를 바라보는 볼보의 눈동자에서 한순간이기는 했지만 '호기심'이라는 이름의 빛이 스쳐 지나갈 때가 있었기 때문에.

그러던 어느 날 밤. 소파 침대에서 자고 있던 나는 문득 기척을 느끼고 잠에서 깼다. 눈을 떠 보니 내 앞에 작은 산 모양의 검은 그림자가 있었다. 암흑 속에서 누군가 나를 지긋이 바라보는 시선을 느낄 수 있었다.

"……볼보야. 이리 와."

나는 내 옆자리를 살짝 팡팡 손으로 두들겼다. 볼보가 겁먹지 않게 최대한 평정을 유지하려고 했지만 심장은 쿵쾅쿵쾅 뛰고 있었다. 하지만 눈앞의 검은 그림자는 움직이지 않았다.

나는 손가락 하나 꿈쩍이지 않고 계속 기다렸다.

1분 정도 지났으려나.

문득 그림자가 세로로 흔들리는가 싶더니 동시에 내 옆으로 털썩 하는 충격이 전해져왔다.

내게 딱 붙어온 그림자는 몸을 잠시 꼬물꼬물 움직이더니 얌전해졌다. 이번에는 코에서 작은 숨소리가 흘러나왔다.

몸을 딱 붙인 볼보의 몸에서 따스함이 전해져왔다. 나는 어째서인지 지금까지 느낀 적 없었던 행복감으로 가득 찼다.

"잘 자, 볼보야. 좋은 꿈 꾸고."

나는 볼보에게 살며시 이불을 덮어주고 다시 잠을 청했다.

볼보를 데리고 온 지도 두 달이 지났다.

볼보는 조금씩이기는 해도 확실하게 감정이라는 무언가를 표현하기 시작했다. 초조해할 필요는 없다. 나만 해도 이 나이 먹도록 아직도 사람이랑 커뮤니케이션을 취하는 게 부담스럽고 잘 못하니까.

다만 볼보 생각과 걱정으로 머릿속을 가득 채우는 바람에 내 자신이 해야 할 직장 일에 작은 실수를 저지르는 때가 몇 번이나 있었다. 정신 차려야지 이러다 큰일 나겠다 하고 생각하던 차에—.

"다무라 군! 잠깐 나 좀 보자고!"

얼굴이 벌겋게 된 공장장이 사무실로 뛰어 들어왔다.

"저번 주에 이야기한 생산라인 변경 건 말이야, 공장에서 못 들었다고 하지 않나! 다무라 군에게 내가 설명 좀 해놓으라고 이야기했는데! 아닌가?"

아차. 머릿속이 새하얗게 변하고 심장이 짓눌려 터질 것처럼 조여왔다.

"죄송합니다……."

고개를 푹 숙이고 그저 죄송하다고 사과하기만 하는 나에게 공장장은 분노를 계속해서 쏟아냈고 떠나는 길에 한마디를 툭 던졌다.

"이 정도 일도 제대로 처리 못 하면 있으나 마나 똑같은 거 아냐!"

"예……."

역시 난 여전히 안될 놈인가보다. 볼보한테 잘난 척이나 해 댄 꼴이지 뭔가—.

나는 부적격 선고를 받은 것 같아 허무해졌다.

그날 돌아오는 길은 하염없이 바닥만 보면서 걸은 것 같은 기분이 들었다.

정신을 차려보니 집 앞까지 와 있었다. 그대로 멍하니 서서 별다른 뜻도 없이 멍청하니 원룸 건물을 바라봤다.

그때 문득 내 방 창문 커튼이 움직이는 게 보였다.

착각이겠지,

하는 생각을 하면서 현관문을 열었다.

눈앞에 광경을 본 나는 그 자리에서 굳어버리고 말았다.

볼보가 현관 앞에 앉아 나를 마중 나와준 것이다.

팡팡 하고 꼬리가 바닥을 두드리는 소리가 난다.

그리고 어물어물하면서도 작은 소리로 "멍" 하고 짖었다.

날 위해 짖어준 입꼬리 양쪽 끝이 기쁨으로 올라가 있었다. 웃고 있었다.

내가 처음으로 본 볼보의 '미소'였다.

"……볼보야."

이런 따뜻한 미소가 세상 어디에 또 있을까, 나로서는 알 수 없었다.

볼보의 미소는 내 무겁게 가라앉은 울적한 마음을 금세 따뜻하게 덥혀주었다. 방금 커튼이 흔들린 것처럼 보인 것은 착각이 아니었다. 볼보는 그 창문으로 밖을 내다보며 내가 돌아오기를 계속 기다려주었다. 그리고 내 모습을 발견하고 현관까지 와준 것이다.

"볼보야, 회사 다녀왔어. 마중 나와줘서 고맙다."

하고 말한 나는 볼보를 꼭 안아주었다.

팡팡, 볼보의 꼬리가 바닥을 두들기는 소리가 강해진다.

왠지 모르게 콧속 깊은 곳이 찡하고 울려와 나잇값도 못하고 눈물이 나기 시작했다. 뭐야, 볼보 이 녀석이 먼저 이렇게나 멋진 미소를 지을 수 있게 되었잖아.

"우리 볼보 참 따뜻하구나……."

그래. 이 따스하고 상냥한 생명을 내가 지켜줘야만 해.

볼보를 지켜주려면 일하면서 약한 소리나 늘어놓고 있을 때가 아니야.

볼보가 미소 짓게 해주려면 볼보에게 맛난 것도 많이 먹여야 하니까 더 열심히 일하자. 매일매일 열심히.

볼보가 변한 것처럼 나도 변해야 해.

나는 결심했다.

"고, 공장장님! 어제 일은 정말 죄송합니다! 회사 일정과 업무에 차질을 빚게 한 점 사과드립니다. 조금이나마 제 잘못으로 벌어진 문제를 만회할 수 있을까 싶어서 제 나름대로 생산라인 진행을 기획해봤습니다만, 시간 괜찮으시면 잠깐 말씀드려도 괜찮을까요?"

긴장으로 딱딱해진 목소리로 말을 건 나를 공장장은 한 방먹은 얼굴로 바라보았다.

"아, 응. 이쪽도 어떻게 해서든 조정을 해야 할 문제니까 자네가 먼저 아이디어를 내주면야 안 들을 이유도 없지."

"정말 감사합니다. 제 실수로 벌어진 일 다시 한 번 사죄드립니다. 앞으로 이런 일이 없도록 주의하겠습니다!"

"……다무라 군 혹시 무슨 일 있었나? 괜찮지?"

"이상하게 보이십니까?"

"아니, 이상하다기보다……. 갑자기 사람이 확 바뀌었다고 해야 하나……."

공장장에게 대답 대신 준비해온 자료를 내민 나는 자료를 펼쳐 보이며 마음속으로 '꼭 지켜줘야 할 존재가 제겐 있거든요' 하고 중얼거렸다.

그날 점심시간.

나는 도쿄에 있는 무라타에게 전화해 볼보를 정식으로 입양하고 싶다고 이야기를 꺼냈다. 무라타는 매우 기뻐하며 몇 번이고 내게 감사의 말을 전했다.

"역시 잘 풀린 것 같아 정말 다행이야. 응. 정말 다행이야."

무라타의 자문자답 같은 대사.

"뭔 소리야? 잘 풀렸다니?"

"아니 그게 말이지. 내가 애초에 왜 너한테 볼보 맡아달라고 부탁한 거라고 생각하나?"

"뭐? 내가 동기니까 그런 거 아니야?"

"아냐. 사실 내가 볼보를 볼 때마다 자꾸 다무라 네 생각이 나더라고. 모습이 겹쳐 보인다고 해야 하나? 자신의 감정을 전달하는 걸 주저하는 거나, 무의식적으로 그런 거겠지만 사람하고 대할 때 벽을 친다고 해야 하나……. 좋은 놈인데 사람들이 몰라주니 어떻게 방법이 없을까 하고 느꼈거든. 그래서 물론 가장 큰 목적은 볼보를 위해서지만 다무라 너한테도 볼보랑 같이 살면 뭔가 얻는 게 있고 그걸로 변화가 있지 않을까 하고 생각했거든. 이거 뭐 건방지게 내가 막 멋대로 행동한 거 같네. 죄송합니다앙."

무라타가 익살을 떨면서 웃었다.

설마 무라타가 나를 이렇게까지 생각해줬을 줄이야. 대조적이고 평범한 나 같은 건 안중에도 없을 거라고 생각했는데.

"……응. 분명 얻는 게 있었어. 볼보를 만나게 해줘서 고맙다."

볼보가 나를 필요로 하고 있다.

단지 그것만으로도 끝없이 힘을 낼 수 있을 것 같다.

"야, 무라타. 도쿄에서 수련하고 본사로 돌아오면 그땐 진짜 내가 라이벌이 될지도 모르니까 각오하고 있어. 이거 뭐 건방지게 내가 막말한 거 같네. 죄송합니다앙!"

내 말을 들은 무라타가 터트린 웃음소리가 전화기를 통해서 커다랗게 울려 퍼졌다.

회사에서 돌아오는 길.

나는 오늘도 일부러 원룸 건물 앞에 선다.

일층 가장 끝 창문 커튼이 펄럭 움직인다.

그 광경을 보기만 해도 그날 하루 있었던 모든 피로가 날아가버린다.

저절로 올라가는 입꼬리를 겨우겨우 참아가며 나는 현관으로 향하는 발걸음을 재촉한다.

치매일지라도 잊지 않을게

— 마음속에 언제나 살아 있는 개

준코와 다에 × 라이타(웰시 코기)

골목길 재난 경보용 무선(防災無線)* 확성기에서 오후 5시를 알리는 멜로디가 흘러나온다.

  준코(順子)는 부엌에서 쌀을 씻으면서 슬슬 시작하겠군, 하고 생각했다.

  쿵 하고 문이 닫히는 소리가 난 지 얼마 안 되어 준코의 등 뒤

---

* _____ 재해가 벌어졌을 시 조기 경계정보를 빠르고 확실하게 정비하기 위한 행정무선망. 야외에 설치된 확성기나 주택 내부의 개별 수신기를 사용한다. 공중 통신망이 끊기거나 전력이 끊기는 경우에도 사용할 수 있도록 배터리로도 작동한다. 평상시 고장이나 배터리 방전을 미리 인지하지 못해 비상시 대처하지 못할 위험을 방지하기 위해 음악을 송출한다. 음악의 종류는 지방자치단체마다 다르다. 송출은 하루 네 차례 이루어지며 시간을 알려주는 목적도 있다. 특히 오후 5시경(동절기는 오후 4시 반) 어린이가 집으로 귀가하도록, 많은 지방자치단체가 '집으로 가는 길(家路)'이라는 곡을 송신한다.

에 할머니가 서 있었다. 여든여섯이 된 시어머니 다에(タエ)다.

"며늘아아! 바압 줘어어."

"어머니이! 좀 더 기다리세요오! 저녁 진지는 7시! 지금은 아직 5시!"

부엌에서 메아리칠 만큼 큰 목소리로 준코가 대답한다. 도대체 몇백 번 같은 대사를 반복했을까. 그리고 30분이 지나면 또 같은 대사를 해야 한다는 사실도 이미 알고 있었다.

"……5시?"

"네. 자 시계 한번 보세요. 아직 5시죠?"

준코는 젖은 손을 행주에 닦으며 다에의 귓가로 얼굴을 가져다 댔다.

"지이그음으은! 아직! 5시이에요오오!"

"아아 그래. 그렇구면……."

다에는 혼잣말처럼 중얼거리고는 천천히 자기 방으로 돌아갔다.

시어머니와 동거를 시작한 것은 준코가 쉰을 넘겼을 즈음이었다. 시아버지가 병으로 돌아가시고 장남인 남편이 시어머니를 모시고 살겠다고 결정했다. 준코는 장남과 결혼한 시점에서 어느 정도 각오를 했기에 남편 말에 쉽게 수긍했다.

그 뒤로 약 10년. 찰떡같이 잘 맞는 성격이라고는 말하지 못해도 서로가 서로의 입장을 잘 알고 존중하는 고부관계를 잘

이어왔다고 생각했다.

하지만 2년 전부터 다에가 치매에 걸리고 난 뒤로는 고부관계에 변화가 일어났다.

준코는 하루 중 거의 대부분의 시간을 다에 뒷바라지로 보내야 했고 그 전까지 일상의 사소한 스트레스 해소가 되어주던 그림엽서 교실도 그만둬야만 했다.

그리고 "밥", "진지 드실 때 아니에요", "밥", "아까 잡수셨잖아요" 같은 대화를 하루에 몇 번이고 반복해야 하는 하루하루를 보내고 있다.

기본적으로 정이 많은 준코로서는 지금 생활에서 도망치고 싶다는 생각은 들지 않았다. 전쟁이 막 끝나 가난했던 그 시절(戰後)*에 고생해서 남편을 길러낸 여성이다. 아무리 치매에 걸렸다 하더라도 준코 나름대로는 존경과 감사의 마음을 가지고 대하고 있었다.

탕.

또다시 문 닫히는 소리가 났다.

준코는 언제나 소리가 나나 안 나나 귀를 기울이고 다에가

---

*   여기서 전쟁은 제2차 세계대전(1939-1945년)과 이에 속하는 태평양 전쟁(1941-1945년)을 가리킨다. 전후 시기는 보통 전쟁의 후유증으로 가난했던 시기를 가리키는데, 구체적으로는 전쟁이 끝난 1945년을 시작으로 해서 한반도의 6.25전쟁으로 인한 전쟁특수로 경제가 성장하여 1956년 "전후는 끝났다"는 정부백서의 선언이 있기까지를 말한다.

이번엔 어디로 움직이는지를 신경 쓰면서 집안일을 하는 것이 이제는 습관으로 자리를 잡았다.

"며늘아."

"예에! 어머니임 진지 잡수실 때 안 됐어요오!"

대답을 하면서도 요리하는 손은 멈추지 않았다. 평소대로라면 이때쯤 다에가 "밥 몇 시?" 하고 물어봐야 하는데 아무리 기다려도 다음 대사가 들려올 기척이 없다. 이상하게 생각해 요리를 멈추고 다에를 봤다. 다에는 준코가 아니라 먼 허공을 바라보며 입을 뻐끔뻐끔 움직이고 있었다.

"어머님 괜찮으세요?"

"……타, 어딨니?"

"네? 무슨 '타'요오?"

"라이타(雷太)."

"라이타? 라이터(lighter) 말씀하시는 거예요? 라이터 찾아드려요?"

"아니! 라이타. 라이타 산책시켜."

"라이타 산책? '라이타'가 뭐냐니까요오?"

"라이타가 라이타지 누구겠어! 됐어! 내가 갈게!"

하고, 다에는 방으로 돌아갔다.

준코는 멍하니 그저 다에의 등을 바라볼 뿐이었다.

"라이타는 개 이름이야. 번개 칠 때 라이(雷)에 굵다 할 때 타(太)를 써서 라이타(雷太)."

저녁 식사가 끝나고 남편은 내가 몇 시간 전 겪었던 일의 자초지종을 듣자 웃으면서 대답했다.

"개 이름이었어?! 난 또 불 켜는 라이터인 줄 알고."

"내가 어릴 때 주어 온 개 이름이야. 이름도 내가 지었어."

"어떤 개였어?"

"어떤……이라고 물어봐도 평범한 개였어. 갈색 털에 누가 봐도 잡종이구나 하는 느낌이 드는 개. 당시는 지금처럼 멋있는 이름 붙은 견종 같은 게 전혀 눈에 띄는 일이 없던 때니까. ……귀여웠지."

남편은 라이타의 모습을 떠올리고 있는지 먼 허공을 바라보며 후훗 하고 웃었다.

"그런데 어머님이 왜 갑자기 라이타 이야기를 꺼내신 걸까?"

"글쎄. 치매라는 게 5분 전 일은 금방 잊어버리면서 몇십 년 전 과거 일은 똑똑히 기억한다잖아? 아마 어쩌다 보니 옛날 기억이 철커덕 하고 걸려서 끄집어져 나온 거겠지 뭐."

"흐음."

"결국 라이타는 도중에 다른 집으로 보냈어. 당시에 정말 못 살았거든 그래서 어머니가 당신 기모노나 반지도 팔아서 그날 먹을 쌀을 사 오고는 하셨어. 그런 와중에 라이타 밥까지 챙겨

줄 여유가 없었던지라 농사짓는 친척 집으로 보낸 거야. 그때는 나도 어려서 충격도 그런 충격이 없었어. 라이타한테 매달려서 엉엉 울었던 기억이 나네. ……라이타 그 녀석 그 뒤로 오래 살았으려나."

"어머님이 농가로 보낸 건 현명한 선택이셨네. 농가라면 일단 먹을 건 있었을 테니까. 아마 장수했을 거야."

이 나이를 먹도록 같이 산 남편에게 아직도 모르는 부분이 있었다니, 신기한 일이야—.

하고 생각하며, 준코는 찻잔 속 녹차를 한 모금 마셨다.

그해 10월. 그날이 분기점이었나보다 하고 느낄 정도로, 다에는 여든일곱 번째 생일을 지낸 뒤 치매 증세가 더욱 심해져 갔다.

준코를 지치게 만든 것은 다에의 감정 기복이 격렬해진 점이다. "어머님, 그게 아니고요" 하고 지적을 하면 "시끄러워! 내가 하겠다는데 왜!" 하고 고함을 질러대는 일도 잦아졌다. 그런가 하면 10분 정도 지나면 싱글벙글해서는 "며늘아 이거 먹을래?" 하고 과자를 내미는 것이다.

집 안을 우왕좌왕하고 있기에 왜 그러시냐고 물으면 "라이타가 안 보인다?" 하고 말한다. "라이타는 이제 없잖아요. 아아 아주 옛날에 농사짓는 친척 집에 보냈다면서요?" 하고 몇 번이나 설명해야 했고, 결국에는 다에가 "아가 너는 어쩜 그리 나한테 모질게 구니?" 하고 울음을 터트리는 때도 있었다.

그럴 때마다 준코의 마음은 찢어질 정도로 뒤흔들렸는데, 체력 그 자체보다 정신적인 면으로 소모가 매우 심했다.

이렇게 온 힘을 다해 돌봐드려도 어머님은 마치 내가 악당인 양 구시면서 이렇게 날 힘들게 하시지. 딱히 고맙다는 말을 듣고 싶은 건 아니야. 그래도 이런 상황에 나는 어디에 의지해서 하루하루 버틸 힘을 얻으면 좋을지.

그렇게 흐른 어느 날 주말.

준코와 남편 그리고 다에 세 명이서 저녁 식사를 하고 있을 때 갑자기 다에가 입을 열었다.

"라이타 먹을 게 없어! 라이타 먹을 거는?"

반사적으로 남편의 얼굴을 본다. 남편도 동요한 표정으로 준코를 바라보았다.

"어머님. 라이타는 있죠, 친척 집에 보냈잖아요. 그러니까 여기에 없어요."

천천히 논증하듯 준코가 말한다.

"뭔 소리 하는 거야. 라이타 같이 살잖아. 라이타 밥 없단 말이야. 얼른 라이타 밥 줘! 라이타 굶어 죽으면 어쩌려고?"

다에의 감정이 격양된 것은 한눈에 알 수 있었다. 준코는 어

떻게 해서든 기분을 진정시키려고 필사적이기에 거의 무의식
적으로 반응하고 있었다.

"네, 죄송해요. 맞네요. 라이타 밥이 없었네요. 그렇죠? 지금
바로 준비할게요."

그러자 다에가 바로 웃는 얼굴이 되어,

"네에. 자꾸 이런 부탁드려 죄송해요. 잘 부탁드립니다, 네네."

하고, 담담하게 자기 밥을 마저 먹기 시작했다.

"……."

준코도 남편도, 말이 나오지 않았다. 그저 다에가 식사하는
모습을 볼 뿐이었다. 그런데 준코의 머릿속에는 한 가지 생각
이 떠오르고 있었다.

어머님 마음속에 아직도 살아 있는 라이타와 만나게 해드릴
방법은 이것뿐이야.

하고, 이상하게도 자연스럽게 생각이 들었다.

한 달 뒤.

방문을 살짝 연 준코는 의자에서 졸고 있는 다에의 모습을
살펴보았다.

"어머님."

준코의 목소리에 다에가 천천히 눈을 뜬다. 준코는 의자 곁
으로 가 쪼그리고 앉아 다에의 귓가에 대고 속삭인다.

"어머님. 라이타가 어머님이랑 놀고 싶다고 그러네요."

그 말에 흐릿하던 다에의 눈동자에 힘이 되살아난다.

"라이타가? 라이타 어딨어?"

준코 등 뒤에 선 남편이 품에 크림색 털이 난 개를 안고 있었다. 남편이 쭈그리고 앉아 다에에게 개를 보여주었다.

"자, 어머니. 라이타예요."

"……라이타! 아아 라이타! 이리 오렴!"

다에가 손을 뻗자 개는 즐거워하며 그 손을 핥는다. 다에는 간지러워하며 웃음을 터트리고 반대쪽 손으로 개를 쓰다듬었다.

"라이타. 우리 착한 라이타. 밥은 제대로 먹었어? 밥 줄게. 기다려어."

다에는 천천히 자리에서 일어나 부엌으로 걸어갔다. 개는 다에를 위해 길라잡이를 나서기라도 한 양 몇 번이고 부엌과 다에 사이를 왕복했다.

그 모습을 지켜보며 준코는 남편에게 말했다.

"……설마 이 나이 먹고 개를 키우게 될 줄은 몰랐네."

"책임이 막중해. 우리도 오래 살아야지 이거 큰일이야."

"그러네. 그렇지만 봤어? 어머님 표정? 라이타 보자마자 그 순간부터 갑자기 의식이 확실히 돌아온 것 같지 않아?"

"응. 어머니가 겉으론 티를 안 내셨어도 사실은 라이타를 보내야 했던 게 마음에 걸렸던 모양이야. 가족이 살아남기 위한 거라고는 해도, 라이타 역시 소중한 가족의 일원이기는 했으니까. 라이타 밥을 이상할 정도로 신경 쓰던 것도 따지고 보면 당시 배고파하던 라이타를 배부르게 밥 먹이지 못했던 데 죄책감이 있던 거겠지."

"오늘부터 라이타는 다시 한 번 우리 가족이니까. 이번엔 어머님이 원하시는 만큼 라이타에게 애정을 쏟아부으실 수 있어. 앞으로 라이타가 생활에 큰 자극이 되어주지 않으려나. ……그렇지만 원래 라이타는 잡종이었다면서? 아무리 그래도 웰시 코기랑은 생김새가 다르니까 혹시 보시고 눈치채실까 걱정했는데 어머님이 외외로 알아차리시질 못하네?"

"일단은 라이타랑 가장 닮은 아이로 골라오긴 했다고?"

"가장 닮기는. 자기 취향대로 웰시 코기로 골라 왔으면서."

준코가 아픈 곳을 꼬집자 남편이 부끄러워하며 웃었다.

"며늘아 라이타 밥 주고 올게."

"네 어머님. 부탁드려요."

라이타가 짧은 다리를 열심히 풀가동해서 부엌 식탁을 빙글빙글 돌았다.

"라이타야 말 잘 들어야지 그렇지? 옳지, 바로 맛난 밥 만들어줄게."

다에는 위태위태한 손놀림이기는 해도 준코의 도움을 받아가며 라이타가 먹을 사료를 정성스레 그릇에 담는다.

어느새 라이타가 먹을 밥은 다에가 담당하게 되었다. 물론 다에 혼자 하게 두는 건 걱정이 되니 준코는 언제나 모든 과정을 지켜보았다.

라이타가 가족이 되고 난 뒤로 다에는 놀랄 만큼 안정되어 갔다. 치매 증상은 있더라도 그 전처럼 준코를 향해 소리를 지르거나 울거나 하는 일은 거의 사라졌다. 라이타가 있기에 자연스럽게 몸을 움직이게 되어 멍하니 시간을 보내는 일도 줄어들었다. 다에 방에서 노랫소리가 들려와 신기하게 생각한 준코가 살짝 안을 몰래 훔쳐보니 낮잠을 자고 있는 라이타에게 다에가 자장가를 불러주고 있었다.

라이타는 애교 많은 손자처럼 언제나 천진난만하게 다에 곁에 있어주었다.

"자 다 됐어요! 그럼 어머님 이거 라이타에게 가져다주시겠어요?"

다에가 그릇을 가져다주자 라이타는 정신없이 밥을 먹었다. 그 모습을 다에는 지긋이 바라보며 조용히 말을 걸었다.

"양껏 마음껏 먹으렴. 그래야 키도 쑥쑥 크고 튼튼해지지. 건강하게만 자라다오. 나는 그저 그래주기만 해도 충분해."

하고, 행복한 표정으로 반쯤 눈을 감은 채 라이타를 찬찬히 바라보았다.

아아, 그런 거구나.

이분은 그동안 이렇게 그 많은 아이랑 가족을 지켜오고 키워오셨구나.

"그럼 어머님 저녁 진지 준비 다 되면 불러드릴 테니까 그때까지만 라이타 좀 봐주시겠어요?"

라이타는 완전히 만족해서 벌써부터 다에 방으로 가고 싶다는 기운를 한껏 발산하고 있었다. 저녁 식사 시간이 오기까지 다에와 함께 방에서 시간을 보내는 게 어느새 리이타의 하루 일과가 되어 있었다. 다에가 놀아주기를 바라고 있는지 끈으로 된 장난감을 물고 대기하고 있었다.

준코는 부엌에서 저녁 식사 준비를 시작했다.

그때, 벌써 방으로 들어간 줄 알았던 다에가 아직 뒤에 서서 준코를 바라보고 있었다.

"어머! 깜짝이야! 어머님 뭐 필요하신 거 있으세요?"

"……."

"어머님? 라이타가 방에서 얼른 오라고 기다리고 있네요."

"준코야."

심이 단단히 박힌 옹골찬 목소리였다.

"네?"

"그간 참 고생 많았다. 고맙다."

다에는 이 말만을 남기고 라이타와 함께 방으로 들어갔다.

너무나도 당돌하게 벌어진 일에 준코는 아무 대답도 하지 못한 채 그저 그 자리에 서 있었다.

다에가 어떤 마음으로 말했는지까지는 알지 못한다.

특별히 깊은 의미를 담아 한 말이 아닐 수도 있고 그저 입에 올렸을지도 모른다.

그렇다 하더라도 그 말은 지금까지 노력해온 자신의 수고를 보상해주는 것 같은 기분이 들었다.

"……욱, 흐흑."

그동안 마음속 깊이 억눌러왔던 것이 가슴에서 치밀어 올라와 눈물이 되어 끊임없이 흘러내린다. 동시에 마음속에 남아 있던 자갈처럼 부대끼던 멍울이 풀려 몸이 가벼워지는 느낌이 들었다.

"자, 저녁 식사 준비마저 끝내자!"

뺨에 남은 눈물을 앞치마로 닦은 준코는 맑게 갠 얼굴로 냉장고 문을 힘차게 열었다.

Story 9

이제 울지 마세요. 웃으며 지내요
— 푸린이 보낸 편지

데루코 × 푸린(토이 푸들)

이 세상에 신 따윈 없어.

반세기가 넘는 인생을 살아오는 동안, 데루코(照子)가 이 정도로 강하게 생각한 적은 없었다.

데루코가 손에 들고 있는 것은 토이 푸들인 푸린(プリン)*이 가장 좋아하던 담요. 하지만 담요 위에 기분 좋게 낮잠을 자고 있어야만 할 푸린은 이제 곁에 없다. 그동안 당연하다고 생각했던 광경은 더 이상 볼 수 없게 되었다.

---

*_____ 일본에서는 음식 푸딩(pudding)이 전해져 부르는 와중에 이름이 '푸딩'에서 '푸린'으로 변했다.

데루코가 두 시간 정도 집을 비우고 있던 사이 푸린은 거실에 쓰러져 그대로 먼 길을 떠나고 말았다. 데루코가 돌아왔을 때는 이미 숨이 끊어져 있었고 푸린 곁에는 소리 나는 고무 장난감이 뒹굴고 있었다. 동물병원 수의사 선생님 말로는 놀고 있던 중 심장 발작을 일으킨 게 아닌가 하고 추측된다 했다.

노년기에 접어드는 아홉 살이기는 해도 정기검진에서도 문제가 없었고 매일 건강하게 생활하고 있었다. 그때도 데루코가 집을 나서면서 "금방 다녀올 테니까 집 잘 지키고 있어" 하고 말을 걸자 안아달라고 조르기라도 하듯 뛰어다녔고 이상한 점은 느끼지 못했다.

그랬는데 어째서?

신은 왜 이렇게 잔인한 짓을 하신 거죠?

신이면 푸린을 뺏어갈 게 아니라 구해줘야죠!

그렇게 착하고 예쁜 아이를. 아무 잘못도 없는 아이를 왜!

데루코는 담요에 얼굴을 묻고 고통스럽게 소리를 내지르며 울었다.

갑자기 소중한 존재를 이유도 없이 빼앗긴 부조리함에, 분노와 슬픔은 쏟아부울 곳을 잃은 채 어떻게 해야 할지 모를 한으로 남아버렸다.

"다녀왔어."

남편 히데오(英雄)의 목소리에 데루코는 눈을 떴다. 양복을 입은 히데오가 옆에 서 있었다. 아무래도 울다 지쳐 소파에서 잠들어버린 모양이다.

"아, 왔어?"

"괜찮아? 눈이 왜 이렇게 부었어?"

"그래? 이런 데서 자서 그런가보네. ……밥 먹어야지."

"응, 부탁해."

천천히 일어나 멍한 머리로 부엌에 선다. 데루코는 밥도 짓지 않았다는 사실을 깨달았다. 애초에 저녁 메뉴조차 생각해두지 않았다.

냉장고를 열어 안에 뭐가 있나 살펴본다. 우유, 달걀, 버터, 장아찌(お漬物), 조미료 등 뭐 하나 반찬이 될 만한 게 없었다.

"할 수 없네. 우동이라도 해야겠어……."

하고, 중얼거린 데루코는 냄비에 물을 담아 불을 붙였고 찬장에서 마른 우동 면을 꺼냈다. 실내복으로 갈아입고 이층으로 내려온 히데오는 테이블 위에 놓인 식사를 보고 깜짝 놀랐다. 달걀부침에 우동. 우동은 아무런 건더기도 없이 면만 덜렁 있었다.

"……오늘따라 간소하네?"

"장을 못 봐서……."

히데오는 뭐 다른 게 없나 보려고 냉장고를 열어봤지만 안을 보자마자 바로 포기해버렸다.

"장 본 게 없으면 미리 이야기해주지. 밖에서 먹고 들어왔을 텐데."

"미안해……. 장을 안 본 게 방금 생각나서……."

요리가 특기인 데루코는 저녁 식사 때 특히 더더욱 솜씨를 발휘했다. 언제나 반찬 가짓수도 많고 손이 많이 가는 까다로운 메뉴도 등장하는 편이었다. 데루코가 만든 저녁 식사는 히데오에게 있어 작다고 할 수 없는 일상 속 즐거움이기도 했다. 그래서 퇴근 시간이 늦어지더라도 저녁 식사를 밖에서 먹기보다 집에서 먹으려고 하는 습관이 붙어 있었다.

푸린 때문에 많이 힘든 모양이니 할 수 없나.

하고 생각한 히데오는 자리에 앉았다.

"잘 먹겠습니다."

"네."

두 사람이 후룩 우동 면발을 삼키는 소리와 텔레비전에서 흘러나오는 소리만 집 안에 울려 퍼졌다.

다음 날.

히데오가 다급히 이층에서 내려왔다.

"여보, 와이셔츠! 남은 게 없는데?"

데루코는 작은 소리로 '앗' 하고 말하고는 반사적으로 달력을 보았다.

"미안해요. 아직 세탁소에서 안 찾아왔네……."

"뭐라고? 그럼 깨끗한 게 한 장도 없는 거야?"

"아직 안 맡긴 거라면 있는데……."

"입었던 걸 또 입기는 그렇잖아."

"잠깐만 기다려봐. 전에 사놓고 아직 안 꺼내놓은 게 있을지도 모르니까."

"……여보, 이건 좀 아니잖아."

히데오의 말을 데루코는 안 들리는 척했다.

푸린이 내 삶의 낙이었어.

푸린이 없는데 내가 왜 열심히 살아야 하는 거지?

아침부터 청소에 빨래에 바쁘게 움직이는 데루코 뒤를 푸린은 열심히 쫓아다니며 함께 돌아다녔다. 마치 조수라도 된 양 데루코 일을 돕게 해달라고 조르듯.

"푸린아 위험하니까 저리로 가야지이. 거기 있다가 엄마 발에 채이면 어떻게 해애."

데루코는 웃으며 푸린에게 말을 건다.

"자 그럼 푸린아 엄마랑 이층까지 달리기 시합할까? 준비, 땅!"

빨래 바구니를 끌어안고 푸린과 계단을 뛰어올랐다. 물론 푸린에게 이길 리가 없어서, 데루코 발 언저리를 앞지른 푸린

이 계단 위를 뛰어오르고는 작은 꼬리가 떨어져 나가라 흔들
며 신이 나서 데루코를 기다린다.

"푸린아 기다려."

"앙!"

후우 하고 한숨을 내쉬고 베란다를 나선 데루코가 하늘을
올려다보았다.

"날씨 좋다아, 그렇지 푸린아? 오늘 산책은 주먹밥 만들어서
멀리 소풍이라도 갈까?"

사계절이 변화하는 자연의 아름다움을 언제나 이 베란다에
서 푸린과 함께 바라보곤 했다.

장롱 속에서 예전에 사두었던 와이셔츠를 찾아 남편에게 꺼
내 주고 출근시킨 뒤 데루코는 소파에 앉아 멍하니 있었다.

오늘이야말로 장을 보러 나가서 세탁소에 맡긴 남편 와이
셔츠를 찾아와야 되는데. 생각은 하는데 몸이 따라주지를 않
는다. 실내 모든 물건이 모두 빛바래 보인다. 마치 흑백영화 속
세계 같다. 데루코의 마음은 동굴처럼 텅 비었다.

딩동.

현관 초인종이 울렸다.

누구람. 아무도 만나고 싶지 않은데. 억지로 웃는 얼굴 만드
는 것도 피곤하고.

사람이 없는 척할까 하고 생각도 해봤다. 한 번 더 초인종이 울린다. 현관 건너편에서 택배가 왔다고 알리는 목소리가 들려왔다.

"……네."

"택배 왔습니다아. 여기 사인 좀 해주시겠어요?*"

도착한 택배는 양팔로 안아 올려야 할 만큼 커다란 상자였다. 보낸 사람은 데루코가 평소 친하게 지내던 그룹의 일원인 여성이었다.

거실에서 상자를 열어 보니 안에서 달콤한 백합 향이 풍겨 온다. 아름답게 배열한 꽃다발이 푸린을 위한 조화(弔花)**로서 온 것이다. 꽃과 함께 카드가 들어 있었다.

갑작스러운 일에 너무 놀랐습니다.

마음 깊이 푸린의 명복을 빕니다.

푸린도 데루코 씨의 사랑을 가득 받아왔기에 행복하리라 생각합니다.

---

* _____ 한국 우체국 등기우편처럼 일본 택배는 배달하고 난 뒤 확인을 위해 수령증에 사인이나 도장을 받는다.

** _____ 원어는 '供花'로, '쿠게' 혹은 '쿄우카'라고 읽는다. 일본의 경우 장례나 제사 등은 모두 불교에서 담당한다. 일본의 가정에는 위패를 모신 작은 불단이 있는 경우가 많은데, 기일 등 특정한 날 불단의 위패에 공양물로서 바치는 꽃이 쿠게다.

분명 천국에서 "고마워요"라고 말할 게 분명합니다.

*아직은 마음이 많이 아프시리라 생각합니다만 부디 마음
편한 날이 다시 찾아오기를 기원합니다.*

카드 위로 뚝뚝 눈물이 떨어진다.

단정하게 손으로 쓴 글씨 잉크가 점점 번져간다.

그 밖에도 푸린과 산책하다 만나 친해진 애견인 친구나 근
방의 지인들도 문자 메시지나 꽃을 보내주었다. 모두 푸린의
명복을 빌어주었고, 진심으로 슬퍼하며 데루코의 몸과 마음을
걱정해주었다. 사무칠 정도로 많은 분들에게 받은 친절함에
감사하기는 했어도 어떠한 말을 들어도 데루코는 자기 자신의
마음을 책망할 뿐이었다.

마음 편한 날 같은 건 다시는 찾아오지 않아. 아니, 그런 걸
바란다니 용서받지 못할 일이야.

앞으로도 계속 푸린에게 지은 죄를 안고 살아가야만 하니까.

난 이제 더 이상 행복하게 살아서는 안 될 거야.

그때 장만 보러 가지 않았더라도.

적어도 아주 조금만 더 빨리 돌아왔더라도.

내가 정신 바짝 차리고 똑바로 행동했더라면 푸린이가 살았
을지도 모르는데.

지금도 곁에서 뛰어놀고 있었을지도 모르는데.

푸린을 외톨이로 내버려두고 가게 만들었어.

얼마나 무서웠을까. 얼마나 아팠을까. 고생시켜서 미안해.

널 행복하게 해주지 못해 미안해—.

두 달 뒤.

히데오는 회사에서 퇴근하고 돌아오는 길에 장녀에게 전화를 걸어 데루코 문제를 상담했다. 딸 둘은 독립해 이미 집을 나가 따로따로 일하고 있었다.

"시간이 흐르면 조금씩 원래대로 돌아올 거라고 생각하긴 했는데 말이지……. 점점 더 늪에 빠져서 의욕이나 힘이 전혀 나지 않게 된 모양이야. 집 안이 먼지투성이고 엉망진창이고. 지금은 아빠가 청소하고 있지만. 말을 걸어도 중얼중얼 한 마디 겨우 할 정도로 대꾸도 잘 안 하고. 기운 좀 나게 해주려고 생각해서 푸린이랑 즐거웠던 추억 이야기를 꺼내보았는데 말이지. 푸린이 이름만 들어도 울음을 터트린단 말이야. 이제 뭐 어찌할 방법이 없어. 방법도 모르겠고. 나라고 해서 푸린이가 떠난 게 슬프지 않은 게 아닌데 말이지. 솔직히 쉬는 날 집에 있기만 해도 피곤해. 엄마를 보면 나까지 기분이 막 처져."

"그건 그렇긴 한데 아빠야 아직 회사라든가 일이라든가 마음을 둘 곳이 있으니까, 기분이 유지가 되는 거 아니겠어요?

엄마는 푸린하고 지내는 일상 말고는 아무것도 없었는데. 펫로스 상태일 거 아냐……."

"펫……로스?"

"나도 잘은 모르지만 가족이나 다름없이 사랑을 쏟던 반려동물을 잃으면 엄청난 상실감으로 무기력해지는 걸 말하는가 봐요. 요새 많이 늘어났다나. 펫로스(pet-loss) 때문에 우울증에 걸린 사람도 있는 모양이고."

"뭘 어찌해야 좋을까?"

"저도 되도록 얼굴도 좀 비추고 하긴 할 텐데 솔직히 말해서 이런 슬픈 일은 시간이 해결해주는 거지 다른 방법은 없는 거 같고 그래요. 아무리 주변에서 말 걸어주고 위로해줘도 본인한테 전해지질 않으니까. 엄마도 받아들일 여유가 아직 없죠."

"아무리 그래도 벌써 두 달 지났는데."

"으음, 두달이면 아직 이른 거 아닌가 싶기도 하고……. 조금만 더 상황을 지켜보는 게 좋을 거 같아요. 아빠도 조심. 괜히 엄마가 내 책임이라고 느낄 만한 이야기는 하지 말고. '계속 이렇게 슬퍼하면 푸린이도 저세상 편히 못 가' 같은 말 괜히 하면 엄마 완전히 무너지니까. 어쨌든 간에 슬프다는 감정의 한을 다 내뱉는 수밖에 도리가 없으니까."

히데오는 알아들을 수 없는 신음 소리를 내며 전화를 끊었다. 문득 화면을 보자 데루코가 보낸 문자 메시지가 보였다.

"저녁밥은 어제 먹은 카레가 남아서 카레우동으로 정했어. 혹시 반찬 필요하면 퇴근길에 먹고 싶은 걸로 사 와요. 당신 먹을 것만 사. 난 괜찮아."

히데오는 문자 메시지를 다 읽자마자 크게 한숨을 내쉬었다.

그날 밤 데루코가 일찍부터 이불에 들어간 것을 확인한 히데오는 거실에 있는 컴퓨터 전원을 켰다.

푸린이 살아 있을 시절에는 히데오가 컴퓨터 앞에 앉기만 하면 푸린은 반드시 히데오의 무릎 위로 뛰어들어 같이 화면을 보곤 했다. 그러다 심심해지면 "얼른 끝내고 나랑 놀아줘요, 아빠" 하고 말하는 듯한 표정으로 무릎 위에서 몸을 둥글게 말고 기다리다 결국은 잠이 들고 만다. 푹 잠들어버린 푸린을 깨우지 않으려고 히데오는 자세도 바꾸지 못한 채 일을 해야 했고 작업이 끝나면 허리나 다리가 뻣뻣하게 굳어버리기 일쑤였다.

그러나 지금은 무릎 위에 아무런 따스함도 전해지지 않았다. 자기 무릎이 괜스레 가볍게 느껴지더니 쓸쓸한 기분이 들었다.

히데오는 인터넷에 접속해 '펫로스'라고 검색해보았다.

화면에 늘어선 검색 결과를 하나하나 꼼꼼히 읽어간다. 데루코와 마찬가지로 사랑하는 반려동물을 잃고 괴로워하는 사람이 너무도 많다는 사실을 알게 되었다.

히데오는 이런 사람들이 남긴 기록 중에 '무지개 다리'라는 말이 자주 등장하는 것을 깨달았다. 이번에는 '무지개 다리'로 검색해봤다.

'무지개 다리(The Rainbow Bridge)'란 작자불명의 영어 산문시로 본래 미국에서 퍼져 지금은 전 세계의 동물애호가 사이에서 읊어지고 있는 모양이었다. 일본어로 번역된 페이지를 발견한 히데오는 그 시를 읽었다.

그러다 결국 화면을 바라보던 두 눈에서 차례로 눈물이 흘러나왔다.

"푸린아. 너도 분명 여기 있겠지……."

히데오는 떨리는 목소리로 중얼거렸다.

현관문을 여니 너무나도 햇살이 눈부셔 데루코는 선 채로 어지러움을 느꼈다.

동네 사람들이 없는 것을 확인한 뒤 자기 집 우편함을 들여다본다. 화장도 안 했고 이렇게 초췌한 모습을 보이고 싶지도 않았다. 신문이나 전단지를 다발째로 집어 들고 재빨리 현관문을 닫는다.

거실로 돌아와 별다른 흥미를 못 느끼는 표정으로 반쯤 사무적으로 쓰레기와 우편물을 나누었다. 문득 아련하니 푸른색 봉투가 보였다. 받는 사람 이름은 데루코로 되어 있었다.

ㅡ편지? 누가 보낸 거지?

뒷면을 보아도 보낸 사람 이름이 써 있지 않다. 이상하다 생각하면서 봉투를 열어 보니 안에 곱게 접은 A4용지가 두 장 들어 있었다.

"……뭐지?"

그것은 워드프로세서 프로그램으로 출력한 시 '무지개 다리'*였다.

천국 바로 앞에 걸린 '무지개 다리'.
이 땅에 있는 누군가와 특별한 사이였던 동물들은,
멀리 여행을 떠난 뒤, 이 다리로 향합니다.
다리 건너에는 초원과 언덕이 펼쳐져 있어,
누군가에게 있어 특별한 '파트너'였던 동물들은,
같이 뛰고, 장난도 치며 놀고 있습니다.
먹을 것도 마실 물도 듬뿍, 햇살이 내리쬐면,
모두가 모여 따뜻하게 누워 쉽니다.

한때 병으로 아파하던 아이도, 나이를 많이 먹은 아이도,
밝고 건강하게 힘을 되찾고,

---

* _____ 이 책의 '무지개 다리'는 원서에 실린 번역된 일어 판본을 중역한 것이다. 원서의 '무지개 다리'는 여러 이본(異本)이 있는 영어 판본과도 군데군데 차이가 있으나, 시 자체가 저자 미상이라 원본을 확인할 수 없고 저자의 의도를 존중해, 역자가 중역하였다.

상처 입은 아이도, 몸에 자유를 빼앗긴 아이도, 튼튼한 몸을 되찾습니다.

그리운 그 시절을 꿈꿀 때 나타나는 아이들의 모습 그대로.

동물들은 행복함에 폭 빠져 만족하고 있습니다.

다만 딱 한 가지를 빼면……

그 아이들에게 있어 가장 소중하고 무엇과도 바꿀 수 없는 존재지만,

땅 위에 남겨져야만 했던 누군가가 없어, 쓸쓸한 것만 빼면.

같이 뛰고 달리고 노는 동물들.

하지만 어느 날 그중 한 마리가 문득 발걸음을 멈추고 서서, 아주 먼 곳을 바라봅니다.

그 눈동자는 불타오르는 듯 반짝반짝 빛나고,

온몸은 가만히 참고 있을 수 없을 만큼 기쁨으로 떨려옵니다.

그리고 갑자기 친구들 곁을 떠나 푸른 초원을 날아갈 듯 내달립니다.

빨리, 더 빨리.

그리고 드디어 당신을 찾아, 당신과 당신에게 가장 특별

한 파트너는,

드디어 다시 만나게 된답니다.

기뻐하며 서로 끌어안는 당신과 파트너.

다시는 헤어질 일이 없습니다.

당신의 얼굴에는 행복의 키스가 쏟아져 내리고,

당신의 두 손은 사랑스러운 얼굴을 다시 쓰다듬을 수 있

게 됩니다.

그리고 새삼스레, 당신은 한참 전에 헤어졌던,

하지만 결코 마음속에서 사라진 적 없던 파트너의,

믿음으로 가득 찬 눈동자를 지긋이 바라봅니다.

그리고 당신과 파트너는 함께 무지개 다리를 건너가겠

지요.

편지를 든 데루코의 손은 작게 떨리고 있었다.

그대로 다음 장을 넘긴다. 두 번째 편지에는 단 두 줄만 씌어

있었다.

무지개 다리 너머에서 기다리고 있을게요.

—푸린

데루코는 그 자리에서 무너져 내렸다.

바닥에 주저앉아 어린아이처럼 큰 소리로 울음을 터트렸다.

거실에는 데루코의 울음소리만 계속 울려 퍼졌다.

"푸린아, 좋은 아침. 오늘도 날씨 좋다, 그렇지?"

데루코는 알록달록한 꽃을 꽂은 꽃병을 살짝 놓았다.

곁에는 푸린의 사진이 걸려 있었다. 데루코가 손수 만든 옷을 입고 자랑스레 웃고 있었다. 물이 든 컵과 가장 좋아하던 간식 그리고 그 뒤에는 유골함이 깨끗한 천에 싸인 상태로 놓여 있었다.

거실에서 가장 볕이 잘 드는 그곳은 푸린이 가장 마음에 들어하는 곳이었다.

데루코는 작은 테이블을 놓아두었다. 테이블 밑에 둔 상자에는 푸린의 장난감이나 가슴줄 등 추억이 담긴 유품이 소중히 보관되어 있다.

"잘 잤어?"

히데오가 이층에서 내려왔다.

"잘 잤어? 커피 내릴 건데 같이 마실 거야?"

"응."

"그럼 일단 옷부터 갈아입어. 사이에 아침 준비할 테니까."

히데오는 부엌에서 바쁘게 움직이는 데루코의 모습을 바라

보고 있었다. '무지개 다리'라는 시를 쓴 편지를 보낸 지 며칠
뒤, 데루코가 한 말이 떠올랐다.

"여보, 그동안 미안해. 고마워."

그 뒤로 반년이 지났다.

그날을 계기로 데루코는 조금씩이기는 하나 자기 나름대로
기분을 정리하려고 노력하기 시작한 모양이다. 편지를 두고
서로 이야기를 나누거나 하는 일은 없었지만 히데오는 오히려
그러는 편이 좋다고 생각했다.

아침 식사 준비를 마친 데루코는 다시 한 번 푸린의 사진 앞
에 서서 눈을 감고 조용히 손을 모아 합장했다.

푸린아. 재미있게 지내고 있니?

친구랑 실컷 놀고 맛난 밥도 양껏 먹고 있니?

언젠가 꼭 널 만나러 무지개 다리로 갈게.

그때까지 거기서 기다려줄래?

아주 많이 사랑한다, 푸린아.

빨래를 끝냈다는 세탁기 알림 소리가 들려온다.

데루코는 천천히 눈을 뜨고 사진 속 푸린에게 상냥하게 미
소를 지었다.

Final Story

너무너무 좋아하는 당신에게
— 무지개 다리에서 올림

푸린(토이 푸들)

내 이름은 푸린.

아주 많이 좋아하는 엄마가 지어준 이름이에요.

엄마는 언제나 말랑말랑하게 웃는 얼굴로 내 이름을 많이많이 불러줘요.

나는요 그런 엄마를 볼 때마다 신나고 즐거워서 언제나언제나언제나 엄마 뒤를 졸졸 따라다녀요

물론 심부름도, 도와드리는 것도 제대로 하고 있다고요.

아침에는 내가 엄마를 깨우고 아침밥 하는 걸 응원해요. 아빠가 일어나면 그걸 엄마한테 알려드리는 것도 내가 맡은 일이에요.

그리고 화장실에서 삐익 하는 소리가 나면 옷을 잔뜩 빨래

바구니에 담아 같이 이층까지 가지고 가요. 하지만 그냥 가면 재미없으니까 자주 달리기 시합을 해요. 엄마는 별로 빠르지 않아서 언제나 내가 먼저 도착해버려요. 그래서 나는 계단 위에서 엄마가 오기를 기다려요.

"도와줘서 고마워."

하고, 엄마가 말해주면 나는 "에헴!" 하고 자랑스러워요.

아빠를 현관에서 배웅하고 나면 엄마는 나랑 놀아줘요.

끈으로 줄다리기도 하고 공도 던졌다가 주워 오고.

푹신푹신한 이불에서 낮잠도 같이 코오코오 자요.

산책을 나가면 친구가 잔뜩 기다리고 있어서 다 함께 재미있게 놀아요.

하지만 엄마가 내 친구들과 친하게 지내는 모습을 보면 조금 화가 나기는 해요. 그래서 가끔씩 친구들에게 '가르르 가르르' 해버리는 때도 있어요. 그다음에는 미안하다고 하고 화해하지만.

당연하잖아요. 엄마는 나만의 엄마인걸요.

매일매일 즐거웠어요.

마음껏 웃고 마음껏 이야기를 나눴어요.

더 오래 더욱 더 오래 함께 있고 싶었는데 지금 나는 다른 데 있어요.

너무도 멀리 떨어진 곳이지만 눈을 감으면 바로 곁에 있다고 느껴지는 장소.

여기는 너무도 편안하고 안락한 곳이지만 나는 가끔씩 빠져나와 몰래 엄마를 만나러 가요.

그날 엄마가 밖으로 나가버려서 나는 혼자 장난감으로 놀고 있었어요.

사실은 '쓰레기통'이라는 상자를 뒤집어서 안에 들어 있는 모양이 가지각색인 장난감을 꺼내서 노는 게 가장 재미있기는 하지만 혹시라도 했다가는 엄마한테 혼나요.

나는 깨물면 소리가 나는 장난감으로 얼마나 많은 소리를 낼 수 있나 찾으면서 놀고 있었어요. 소리가 마음대로 나서 신이 나 뛰어놀고 있는데 갑자기 숨이 턱 막히고 나는 쓰러지고 말았어요.

그때는 살짝 놀라기는 했지만 한순간이었고 지금은 아무 데도 아프지 않아요.

눈을 떠 보니 여기에 와 있었고 금방 친구들이 많이 마중을 왔어요. 우리 멍멍 친구하고만 친해진 게 아니라 야옹 친구랑도 친해졌어요. 게다가 한 번도 본 적 없는 모습을 한 친구도 있었어요.

여기에서는 누구도 누구에게 '가르르 가르르' 하는 일이 없어요. 그래서 쓸쓸하지 않아요.

하지만 엄마는 그날부터 계속 울기만 해요.

내 이름을 부르면서 몇 번이고 몇 번이고 "미안해"라고 그래요.

내가 바로 날아가서 열심히 엄마 눈에 흐르는 눈물을 핥아주는데도 엄마는 알지 못하나봐요.

엄마, 부탁이니까 울지 마세요.

나도 슬퍼진단 말이에요.

엄마가 웃는 얼굴이 더 좋아요.

엄마가 계속 활짝 웃어줬으면 해요.

나는 어떻게 하면 엄마가 웃어줄지를 있는 힘껏 생각했어요.

분명 나를 걱정해서 슬퍼하고 있는 게 분명해요. 그러니까 이제 나 안 아파요, 괜찮아요, 하고 알려주고 싶었어요.

하지만 어떻게 해야 내 마음을 전할 수 있을까요?

그러던 와중에 아빠가 내가 어디 있는지를 깨달았어요.

아빠는 내가 자주 같이 보던 화면에 써 있는 문자를 종이에 옮겨주었어요. 거기에는 내가 있는 곳에 대해 적혀 있었는데 내 이야기까지는 적혀 있지 않았어요.

그래서 나 아빠 무릎 위에 올라가서 열심히열심히 전하려 했어요. 내 마음을 아빠에게 전하려고 계속 짖었어요.

내 이야기 꼭 전해주세요, 하고.

아빠는 한참 동안 종이를 지긋이 바라보고 있었는데 이번엔 다시 화면을 뚫어지게 보더니 손가락으로 뭔가를 두들겨 글자를 적은 것 같아요. 나는 어려워서 읽지 못했지만 내 이야기라는 걸 신기하게도 알 수 있었어요.

됐다!

이제 엄마도 내가 어디 있는지 알겠지?

나는 신이 나서 아빠 무릎 위를 빙글빙글 돌았어요.

아빠 고마워요. 나 아빠도 아주 많이 좋아해요.

편지를 읽은 엄마는 조금씩 웃는 얼굴을 되찾기 시작했어요.

오늘도 나를 향해 웃어주었다고요!

역시 나는 엄마가 웃는 얼굴인 게 가장 좋아요!

그리고 여기 있는 친구들은 모오두가 다 똑같은 생각이에요.

우리가 '가장 좋아하는 사람'이 항상 웃기를 바라죠.

가장 좋아하는 사람이 슬픈 얼굴을 하면 우리는 언제든 만나러 가요.

캄캄하고 무거운 한숨은 멋진 꼬리로 날려버려줄게요.

뺨에 흐르는 눈물은 살짝 핥아줄게요.

그리고 가장 좋아하는 사람의 눈물이 마르면 이렇게 말해줄
거예요.

이제 그만 울어요.

미안하다고 말하지 마세요.

방긋 웃어요.

그러면 우리도 기뻐져요.

그리고 언젠가 꼭 우리를 마중 나와주세요.

서두르지 않아도 돼요.

천천히 해도 돼요.

우리는 언제까지나 재밌게 싸우지 않고 지내고 있을게요.

이 무지개 다리 너머에서.

제가 초등학생 때 저희 집에 '버나(バーナ)'라는 믹스견이 찾아왔습니다.

열일곱 살이나 장수했지만 당시 회사를 다니고 있던 저는 임종을 곁에서 지켜주지 못하고 말았습니다. 노쇠한 버나는 직전까지 어머니가 항상 상태를 신경 쓰고 있었음에도 급히 목욕을 하러 들어간 단 몇십 분 사이에 조용히 잠이 들어버리고 말았습니다.

그때 저는 버나가 천국에 갔다고 친구 한 명에게 전해주었습니다. 그러자 다음 날 그 친구와 다른 친구들이 버나에게 바칠 조화를 보내주었습니다.

바구니 한가득 피어난 아련한 색의 꽃들과 함께 보내온 애도의 메시지를 담은 카드.

소중한 하나의 '대등한 생명'으로 대해주고 있구나—.

버나가 천수를 다하였다고 하는 생각과 더 해주고 싶었던 게 있었는데 하는 생각이 복잡하게 뒤엉켜 있던 저에게 있어 버나의 존재를, 살아 있는 의미를 세상이 인정해준 것 같은 기분이 들어 정말로 큰 도움이 되었습니다. 이때 기분은 잊을 수가 없습니다.

지금도 본가에는 버나와, 함께 기르던 고양이 사진이 걸려 있는 제단이 있습니다. 본가에 들를 때마다 "언젠가 내가 갈 때까지 무지개 다리 건너에서 기다려줘" 하고 말을 겁니다.

'무지개 다리'는 분명 소중한 존재를 잃었음에도 계속 살아가야 하는 남겨진 이를 위한, 사랑에서 태어났을 겁니다. 그만큼 개와 사람은 깊은 인연으로 맺을 수 있다고 생각합니다.

저는 언제나 책의 '맺음말'이란 독자분들을 위해서 있는 것이라고 항상 생각하고 있습니다만, 마지막으로 개인적인 감사의 인사를 남기기를 허락해주시기 바랍니다.

많은 도움과 협력을 주신 애견애묘 보호활동 단체 'One Paw' 대표 사토 미키(佐藤美樹) 씨와 동료분들, 이 책을 집필하는 계기를 만들어주신 일의 파트너이기도 한 나리사와 게이코(成澤景子), 집필의 조언을 포함해 많은 신세를 진 다케쇼보(竹書房) 쓰지이 기요시(辻井清) 님께 마음속 깊이 감사의 인사를 전합니다. 도와주셔서 정말 고맙습니다.

　그리고, 한 마리라도 많은 개가 무한한 애정을 쏟아줄 사람—바로 당신을 만나기를 기원합니다.

저자 소개

아키야마 미쓰코(秋山みつ子)

1973년 출생, 사이타마 현 출신. 논픽션 작가.

저서로 『명도견 서피, 생명의 대가(盲導犬サフィ―´命の代償)』(고단샤), 『맨 처음으로 '경찰견'이 된 시바견 후타바 이야기(はじめての柴犬警察犬「二葉」物語)』(미디어팩토리)가 있다.

기획 및 편집 작품으로는 동물 버라이어티 방송으로 인기를 얻은 여행견 마스오 군(ますお君)의 생애를 엮은 『마스오 군이 선물한 것(ますお君がくれたもの)』(고단샤), 『여행견 다이스케 군 나가신다! 아메리카 횡단 오천 킬로미터(旅犬だいすけ君が行く!アメリカ横断5000キロ)』(고단샤) 등이 있다.

옮긴이 손지상

소설가, 만화평론가, 자유기고가, 번역가. 중앙대학교 심리학과 졸업. 소설집
『스쿨 하프보일드』『데스매치로 속죄하라 – 국회의사당 학살사건』『일만 킬로
미터 너머 그대』출간.

이별의 순간
개가 전해준 따뜻한 것

초판 1쇄 인쇄일 2017년 6월 1일
초판 1쇄 발행일 2017년 6월 12일

지은이   아키야마 미쓰코
옮긴이   손지상
일러스트   배성대
책임편집   이책

펴낸이   정은영
펴낸곳   ㈜자음과모음
출판등록   2001년 11월 28일 제2001-000259호
주소   (04083) 서울시 마포구 성지길 54
전화   편집부 (02)324-2347, 경영지원부 (02)325-6047
팩스   편집부 (02)324-2348, 경영지원부 (02)2648-1311
이메일   neofiction@jamobook.com

ISBN 978-89-544-3779-0 (04830)
     978-89-544-3656-4 (set)

이 도서의 국립중앙도서관 출판시도서목록(CIP)은 서지정보유통지원시스템 홈페이지
(http://seoji.nl.go.kr)와 국가자료공동목록시스템(http://www.nl.go.kr/kolisnet)에서
이용하실 수 있습니다.(CIP제어번호: CIP2017012001)

Story 1 | **니코 이야기**

삶을 포기하지 마세요
─작은 생명이 보낸 메시지

Story 2-3 | 메르 이야기

마지막까지, 곁에 있을 테니까
―할아버지와 늙은 개가 있던 공원

추억을 품에 안고 살아가자
―할아버지와 소년의 약속

Story 5 | 카린 이야기
엄마, 밖으로 나가요
—휠체어로 불어온 바람을 느끼며

Story 7 | 볼보 이야기
볼보, 함께 웃자
─ 상처 입은 마음의 문이 열린 날

Story 8 | 라이타 이야기
치매일지라도 잊지 않을게
—마음속에 언제나 살아 있는 개

Story 9-10 | 푸린 이야기

이제 울지 마세요 웃으며 지내요
—푸린이 보낸 편지

너무너무 좋아하는 당신에게
—무지개 다리에서 올림